KB217830

검은 고양이

검은 고양이

The Black Cat

에드거 앨런 포 지음 | 김희정 옮김

더클래식

차
례

검은 고양이

　지금부터 내가 기록하려는 끔찍한 이야기는 너무나 하찮고 터무니없어서 누가 믿어 주기를 바라거나 애원하지 않겠다. 직접 겪은 내 감각조차 인정할 수 없는 일을 다른 사람에게 믿으라고 한다면 그야말로 미친 짓일 것이다. 하지만 나는 미치지 않았고 그렇다고 꿈을 꾸는 것도 아니다. 다만 내일 죽을 몸이니 오늘이라도 영혼의 짐을 내려놓고 쉬고 싶다.

　내 집에서 연이어 일어났던 일들을 있는 그대로 간결하게 세상에 알리고자 한다. 그 사건 때문에 나는 공포에 질리고, 고통을 겪어야 했으며, 끝내 망가지고 말았다. 하지만 어찌된 일인지 설명하려 들지는 않겠다.

　그 사건은 나에게는 공포 그 자체였지만 다른 사람들에게는 공포보다는 기묘한 느낌을 줄지도 모른다. 언젠가 내 악몽을 흔해 빠진 일로 만들어 버릴 똑똑한 사람이 나올지도 모른다. 그 사람은 나보다 더 냉철하고 논리적이라 내가 글로도 쓰기 두려웠던 공포의 상황에서도 아주 자연스럽게 원인과 결과가 잇따랐을 뿐이라고 밝혀낼 것이다.

어려서부터 나는 순하고 정이 많은 편이었다. 너무 마음이 여린 탓에 또래에게 놀림을 받기도 했다. 나는 유달리 동물을 좋아했고 부모님은 애완동물을 마음껏 키울 수 있게 해 주셨다. 하루 대부분의 시간을 동물들과 보냈고, 그들에게 먹이를 주거나 쓰다듬어 줄 때면 더없이 행복했다. 이런 남다른 성격은 나이를 먹을수록 더욱 뚜렷해져 어른이 되어서는 동물이야말로 살아가는 낙이 되었다. 충직하고 영리한 개를 사랑해 본 사람이라면 그 행복이 어떤 것인지, 얼마나 큰 것인지 애써 설명하지 않아도 알 것이다. 짐승의 헌신적인 사랑에는, 한낱 인간의 얄팍한 우정과 덧없는 신의에 시달렸던 사람의 마음을 직접 두드리는 무언가가 있다.

나는 일찍 결혼했고, 다행히 아내의 성품도 나와 그리 다르지 않았다. 내가 애완동물을 좋아하는 것을 보고 아내는 기회가 있을 때마다 마음에 드는 동물들을 들여왔다. 우리는 여러 종의 새, 금붕어, 멋진 개, 토끼, 자그마한 원숭이 그리고 고양이

한 마리를 키우게 됐다.

고양이는 온몸이 검은색으로 무척 크고 아름다웠으며 놀랄 만큼 영리했다. 녀석이 얼마나 똑똑한지 이야기할 때마다 미신에 적잖이 빠져 있던 아내는 '검은 고양이는 모두 변신한 마녀'라는 오랜 속설을 넌지시 흘리기도 했다. 아내가 그 점을 진지하게 믿었다는 것은 아니다. 다만 그 일이 문득 떠올라 말하는 것뿐이다. 고양이 플루토는 내가 가장 아끼는 동물이자 친구였다. 내가 주는 먹이만 먹고 집 안 어디든 내 곁에 붙어 다녔다. 외출할 때면 따라나서려는 녀석을 떼어 놓기가 힘들 지경이었다.

우리 우정은 그렇게 몇 년간 이어졌지만 부끄럽게도 그동안 내 기질과 성격은 상습적인 폭음으로 완전히 뒤바뀌어 버렸다. 나는 갈수록 다른 사람의 기분은 아랑곳없이 변덕을 부리고 짜증을 냈다. 아내에게 아무렇지 않게 욕설을 퍼붓고 결국에는 손찌검까지 했다.

동물들 역시 내 기질의 변화를 느낄 수밖에 없었다. 나는 동물들을 돌보기는커녕 학대하기 시작했다. 다만 플루토에게만은 애정이 남아 있어 참아 냈지만 토끼, 원숭이, 개들이 우연히 내 곁을 지나가거나 애교를 부리려고 다가오기만 해도 사정없이 괴롭혔다. 어떤 병이 음주벽보다 지독할까! 내 병은 점점 더 깊어져 결국 플루토도, 이제 나이가 들어 예민해진 플루토마저 내 못된 성질에 시달리게 되었다.

 어느 날 밤, 단골 술집에서 잔뜩 취해 돌아오니 플루토가 나를 슬슬 피하는 느낌이 들었다. 나는 녀석을 와락 붙잡았다. 거친 행동에 놀란 고양이는 이빨로 내 손에 작은 상처를 입혔다. 그 순간 악마 같은 분노가 나를 사로잡았다. 나 자신이 아닌 것 같았다. 내 영혼은 단숨에 몸을 빠져나갔고, 술에 찌든 맹렬한 증오가 내 몸을 완전히 사로잡았다. 나는 조끼 주머니에서 작은 칼을 꺼내 그 불쌍한 짐승의 목을 꽉 움켜쥐고는 한쪽 눈알을 도려냈다! 이 저주받아 마땅한 짓을 글로 쓰자니 부끄러움에 얼굴이 화끈거리고 전신이 떨린다.

 술기운이 사라지고 아침이 되어 제정신으로 돌아오자, 내가 저지른 짓에 대한 두려움과 후회가 밀려왔다. 하지만 그것도 잠시 스치는 미미한 감정이었을 뿐 마음속 뿌리까지는 흔들지 못했다. 나는 다시 술에 빠져들었고 그 일을 저질렀던 기억도 술기운에 희미해졌다. 그러는 동안 고양이도 차차 회복되었다. 눈알이 빠진 자리는 끔찍한 꼴이 되었지만 더 이상 아픈 것 같지는 않아 보였다. 녀석은 평소처럼 집 안을 어슬렁거렸지만 내가 가까이 다가가면 기겁하며 달아났다.

 한때 나를 잘 따르던 동물이 이토록 나를 피하는 모습을 보니 처음에는 옛정이 떠올라 슬프기도 했다. 하지만 그런 감정도 곧 짜증으로 변했다. 그러더니 돌이킬 수 없는 몰락을 알리 듯 사악한 마음이 북받쳐 올랐다. 어떤 논리로도 이 감정을 설명할 수 없으리라. 하지만 이런 사악함이 인간의 원초적 충동의 하나라는 사실 만큼은 내가 살아 있다는 사실 못지않게 확신할 수 있다. 사악함은 인간성을 결정짓는 타고난 본성이자 감정인 것이다. 그래서 인간은 해서는 안 된다는 것을 알기 때문에 비열하고 어리석은 행동을 저지르는 게 아닐까? 법을 잘 알기 때문에 오히려 제대로 된 판단을 버리고 법을 어기고픈 욕구를 끊임없이 느끼는 게 아닐까? 바로 이런 사악함 때문에 나는 완전히 무너져 내렸다. 본모습을 파괴하고, 오로지 악을 위해 악을 행하고, 영혼을 괴롭히고 싶은 이해할 수 없는 충동에 이끌려 나는 죄 없는 짐승을 괴롭히고 마침내 죽음에 이르게 한 것이다.

어느 날 아침 나는 태연하게 고양이의 목을 올가미로 묶어 나뭇가지에 매달았다. 두 눈에서는 하염없이 눈물이 흐르고 가슴은 쓰디쓴 자책으로 가득했다. 고양이가 나를 사랑했음을 알기에, 나에게 아무런 잘못도 하지 않았음을 알기에, 내가 하는 짓이 죄악이라는 것을 알기에 녀석을 매달았다. 만약 내 불멸의 영혼이 있다면, 가장 자비롭고 두려운 신의 무한한 자비조차 닿지 않는 곳에 던져질 만큼 치명적인 죄라는 것을 알기에 녀석을 매달았다.

잔혹한 짓을 저지른 날 밤 나는 "불이야!" 하는 소리에 잠을 깼다. 침대 옆 커튼이 활활 타고 있었다. 집은 온통 불길에 휩싸여 있었다. 아내와 하녀 그리고 나는 간신히 빠져나왔다. 모든 것이 파괴되었다. 화마가 내 전 재산을 집어삼켰고 나는 절망에 빠져들었다.

　나는 나의 악행과 재난 사이에 인과 관계가 있다고 생각할 만큼 나약한 인간은 아니다. 다만 잇따른 사실들을 자세히 기록하는 중이니 어떤 부분도 불완전하게 남겨 두고 싶지 않을 뿐이다.

　불이 난 다음 날, 나는 잔해만 남은 집터로 갔다. 벽면 하나만 남고 모두 무너져 있었다. 유일하게 남은 벽은 건물 가운데쯤 내 침대 머리맡에 서 있던 것으로, 그리 두껍지 않은 칸막이벽이었다. 최근에 새로 바른 석회가 제법 두터워 불길을 견딘 모양이었다. 사람들이 웅성웅성 모여들더니 무척 흥미롭다는 듯이 그 벽을 자세히 들여다보고 있었다.

　"이상한 일이야!"

　"신기하군!"

　그들이 나누는 말을 듣자니 나도 호기심이 일었다. 다가가서 보니 흰 벽면에 마치 새긴 것처럼 거대한 고양이의 형상이 얕게 도드라져 있었다. 그 모습은 놀라울 정도로 또렷했다. 목 주위에는 밧줄도 보였다.

나로서는 유령으로 여길 수밖에 없었다. 어쨌든 그 유령을 처음 봤을 때 너무 놀라 등골이 서늘했다. 하지만 마음을 가다듬고 곰곰이 생각해 보았다. 그날 아침 정원에 고양이를 목매단 것이 떠올랐다.

'불이야!' 하는 외침에 사람들이 정원으로 몰려왔을 테고, 그중 누군가가 나무에 묶인 밧줄을 자르고 죽은 고양이를 내 침실 창문으로 던져 넣은 것이 틀림없었다. 아마도 나를 깨우려고 그랬으리라. 여기저기 벽이 무너지면서 내 사악함에 희생된 고양이는 채 마르지 않은 회반죽 속에 파묻혔고, 치솟는 불길과 사체에서 나온 암모니아가 석회와 만나 내가 본 형상을 만들었을 것이다.

이 놀라운 사건은 나에게 깊은 인상을 남겼다. 머리로는 쉽게 이해했지만 양심은 어쩔 수 없는 모양이었다. 몇 달 동안 고양이의 환영이 머릿속을 맴돌았다. 후회 같으면서도 후회는 아닌, 뭐라 말할 수 없는 감정이 나를 사로잡았다. 나중에는 녀석을 대신할 닮은 고양이가 없는지 자주 드나들던 지저분한 술집 주변을 둘러보기까지 했다.

어느 날 밤, 싸구려 술집에서 거나하게 취한 채 앉아 있는데 진인지 럼인지를 담은 커다란 술통 위에 있던 까만 물체가 내 시선을 끌었다. 한동안 그 술통을 물끄러미 바라보고 있었는데도 그제야 그 물체를 발견하다니 이상한 일이었다. 가만히 다가가 손으로 만져 보았다.

그것은 검은 고양이였다. 몸집도 무척 크고 모든 면에서 플루토와 꼭 닮았지만 한 가지 다른 점이 있었다. 플루토는 몸에 흰 털이 전혀 없었지만 이 고양이는 가슴에 크고 흐릿한 하얀색 얼룩이 있었다. 내가 손을 대자 녀석은 대뜸 몸을 일으켜 그르렁거리고 몸을 비비며 내 관심을 반가워하는 것 같았다. 바로 내가 찾던 고양이였다. 나는 그 자리에서 가게 주인에게 고양이를 사겠다고 했더니 주인은 자기 것이 아니며 고양이에 대해 아무것도 모르며 본 적도 없다고 했다.

녀석은 얼마간 자신을 쓰다듬던 내가 집에 갈 채비를 하자 따라나서고 싶은 눈빛이었다. 나는 그러도록 내버려 두었다. 집으로 가는 길에도 이따금씩 허리를 숙여 녀석을 토닥여 주었다. 집에 오자마자 고양이는 제집처럼 굴었고 아내도 대번에 녀석을 마음에 들어했다.

그러나 나는 이내 싫증이 났다. 전혀 뜻밖이었다. 영문은 알 수 없었지만 고양이가 나를 좋아한다는 사실이 오히려 정떨어지고 성가셨다. 이런 감정은 점차 지독한 증오로 변해 갔고 나는 녀석을 피해 다니기 시작했다. 잔인한 짓을 저질렀던 기억과 수치심이 떠올라 고양이를 신체적으로 괴롭히지는 않았다. 몇 주 동안은 때리거나 난폭하게 굴지도 않았다. 하지만 천천히, 아주 천천히 고양이에게 이루 말할 수 없이 넌더리가 났고, 녀석이 나타나면 역병 환자라도 되는 듯이 슬슬 피하게 되었다.

이 짐승을 데리고 온 다음 날 아침, 녀석도 플루토처럼 한쪽 눈이 없다는 사실을 알게 됐고, 이는 말할 것도 없이 내 증오를 부추겼다. 하지만 그럴수록 아내는 녀석을 더욱 아꼈다. 아내는 내가 잊고 지내는 아주 소박하고 순수한 곳에서 즐거움을 찾던 따스한 인정을 예전 그대로 지닌 사람이었다.

내가 고양이를 미워할수록 고양이는 나를 유달리 따르는 것 같았다. 그 녀석이 내 뒤를 얼마나 집요하게 따라다녔는지 다른 사람은 이해하기 어려울 것이다. 내가 자리에 앉으면 녀석은 으레 발치에 웅크리고 눕거나 무릎 위로 올라와 역겹게 몸을 비벼 댔다. 내가 일어나 걸으려고 하면 녀석이 다리 사이로 비집고 들어와 자칫 넘어질 뻔했던 일도 많았다. 때로는 길고 뾰족한 발톱으로 옷에 매달려 가슴팍까지 타고 올라왔다. 그럴 때면 녀석을 단번에 죽여 버리고 싶은 마음이 굴뚝같으면서도 그렇게 하지 못했다. 내가 저지른 죄가 떠오르기도 했지만, 솔직히 말하면 그 짐승이 너무나 두려웠기 때문이다.

그 짐승이 나에게 물리적으로 해를 끼칠까 봐 두려워한 것은 아니지만 무엇이 두려웠는지 달리 정의할 바를 모르겠다. 중죄인 감방에서조차 고백하기 부끄럽지만, 놈이 나에게 안겨 준 오싹한 공포는 근거 없는 망상으로 한층 더 커졌다.

이 낯선 짐승과 내가 죽인 고양이의 유일한 차이점인 흰색의 얼룩을 아내는 여러 번 나에게 말했었다. 앞서 말했듯이 이 얼룩은 원래 크긴 했지만 무늬가 흐릿했다. 하지만 얼룩은 조금씩, 눈치채지 못할 정도로 조금씩 선명해졌다. 내 이성은 이게 한낱 허상일 뿐이라고 애써 부정했지만 얼룩은 마침내 뚜렷한 모습을 드러냈다. 그것은 입에 담기조차 무서운 물건의 형상이었다. 무엇보다도 이것 때문에 나는 고양이가 더 꺼림칙하고 무서웠다. 마음먹고 그 괴물을 없애고 싶었다. 그 얼룩은 소름이 쫙 끼치도록 무서운 교수대의 모습이었던 것이다! 아, 슬프고도 두려운 고통과 죽음의 도구여, 공포와 범죄의 도구여!

이제 나는 인간이 처할 수 있는 가장 비참한 지경에 이르렀다. 내가 경멸하며 죽여 버린 고양이 따위가 높디높은 하느님의 모습으로 태어난 인간에게 이토록 참기 힘든 고통을 안겨 주다니! 아아! 낮에도 밤에도 나는 더 이상 편하게 쉬는 축복을 누리지 못했다. 낮에는 고양이가 단 한순간도 내 곁을 떠나지 않았다. 밤에는 끔찍한 악몽에서 깨어날 때마다 내 얼굴에 닿는 그 짐승의 뜨거운 입김을 느끼거나, 도저히 떨칠 힘이 없는 악몽처럼 내 심장을 짓누르는 녀석의 어마어마한 무게를 견뎌야 했다!

이런 고통의 압박으로 내 안에 미약하게나마 남아 있던 선한 면은 모두 사라졌다. 가장 어둡고 흉악한 생각들이 나의 유일한 친구가 되었다. 늘 변덕스럽던 성격은 모든 사물과 사람들을 향한 증오로 커져 갔다. 나는 순간적으로 일어나는 폭발적 감정에 맹목적으로 내 몸을 내맡기게 되었다. 제어할 수 없는 분노가 터져 나올 때마다 이를 감내해야 하는 사람은 아! 불쌍하게도 참을성 많은 아내였다.

화재 후 가난에 내몰려 낡은 집에 살고 있던 어느 날, 아내는 지하실에 볼일이 있어 나를 따라 내려왔다. 가파른 계단을 따라 내려오던 고양이에게 발이 걸려 나는 하마터면 곤두박이칠 뻔했다. 미친 듯이 화가 난 나는 도끼를 집어 들고 그때까지 나를 억누르던 유치한 두려움 따위는 잊어버린 채 녀석을 향해 힘껏 도끼를 휘둘렀다.

내 뜻대로 도끼를 내리쳤다면 놈은 그 자리에서 죽었을 것이다. 하지만 아내가 내 팔을 붙잡았다. 악마보다 더 큰 분노에 사로잡힌 나는 아내의 손을 뿌리치고 도끼로 아내의 머리를 내리찍었다. 아내는 비명 한마디 지르지 못하고 그 자리에서 죽었다. 끔찍한 살인을 마친 나는 곧이어 시체를 숨길 방법을 찾기 시작했다. 밤이건 낮이건 이웃들에게 들키지 않고 시체를 집에서 끌어내기는 불가능했다.

이런저런 계획이 떠올랐다. 시체를 작게 토막 내어 불에 태우면 어떨지 생각했다. 지하실 바닥에 시체를 파묻어 버릴까도 생각해 보았다. 마당에 있는 우물에 던져 넣는 것은 어떨지, 평범한 물건처럼 시체를 상자에 담아 짐꾼을 시켜 집 밖으로 옮기는 것은 어떨지 진지하게 따져 보았다.

마침내 나는 훨씬 그럴듯한 방법을 찾아냈다. 중세의 수도사들이 희생자를 처리할 때 썼다는 방법처럼 시체를 지하실 벽 안에 넣고 가두기로 결심했다.

지하실은 이 계획을 실행하기에 꼭 알맞은 장소였다. 지하실 벽은 허술하게 세워져 있었고, 얼마전 바른 회반죽은 눅눅한 공기 때문에 아직 굳지 않은 상태였다. 게다가 한쪽 벽에는 돌 출부가 있었는데, 굴뚝이나 벽난로를 만들었다가 다시 메우고 지하실의 붉은색과 비슷하게 칠한 곳이었다. 그곳의 벽을 헐고 시체를 넣은 다음 원래대로 벽을 만들면 누구도 수상하게 여기지 않으리라는 확신이 들었다.

내 예상은 틀리지 않았다. 쇠지레를 써서 쉽게 벽돌을 뜯어내고 시체를 조심스럽게 안쪽 벽에 기대어 세운 다음 별 어려움 없이 벽돌을 쌓아 올렸다. 의심을 사지 않도록 최대한 조심스럽게 모르타르와 모래를 구해다가 기존의 벽과 거의 비슷한 회반죽을 만들어 벽돌 위에 조심스럽게 발랐다.

작업을 마치자 무척 만족스러웠다. 벽에는 손을 댄 흔적이 전혀 보이지 않았다. 바닥에 있는 쓰레기도 말끔하게 치웠다. 나는 자랑스러운 얼굴로 주위를 둘러보며 '흥, 이 정도면 적어도 헛일은 아니군' 하고 혼자 중얼거렸다.

그런 다음 이 모든 불행의 원인인 고양이를 찾기 시작했다. 마침내 녀석을 죽이기로 굳게 마음먹은 것이다. 그때 고양이가 나와 마주쳤다면 녀석의 운명은 불 보듯 뻔했을 것이다. 하지만 이 눈치 빠른 짐승은 내가 격렬하게 화내는 모습에 놀라 모습을 감춘 것 같았다. 그 혐오스러운 놈이 사라지자 내 마음에는 말로 표현하기 어려울 정도로 깊은 안도감이 찾아왔다. 고양이는 그날 밤에도 모습을 보이지 않았다. 살인이라는 무거운 죄가 내 영혼을 누르고 있었음에도, 녀석이 우리 집에 온 이후로 그 하룻밤만큼은 평화롭게 단잠을 이룰 수 있었다.

이틀이 지나고 사흘이 지나도 나를 괴롭히던 고양이는 나타나지 않았다. 나는 다시금 자유를 만끽하게 됐다. 괴물은 두려움에 떨며 집을 영원히 떠난 것이다! 더 이상 녀석의 꼬락서니를 볼 필요가 없다! 나는 더없이 행복했다!

내가 흉악한 범죄를 저질렀다는 죄의식은 거의 없었다. 몇 번 조사를 받았지만 태연하게 대답했다. 집 수색도 받았지만 당연히 아무것도 발견되지 않았다. 나의 행복한 앞날에는 아무런 문제가 없어 보였다.

살인을 저지른 지 나흘째 되던 날 경찰들이 느닷없이 집으로 들이닥쳤고, 다시 한번 집 안을 샅샅이 뒤지기 시작했다. 하지만 아무리 뒤져도 시체를 숨긴 곳을 찾지 못할 것을 잘 알기에 나는 전혀 당황하지 않았다. 경찰들은 수색하는 내내 나를 동행시켰다. 그들은 건물 전체를 빠짐없이 뒤졌다.

서너 번이나 지하실로 내려갔지만 나는 눈썹 하나 꿈쩍하지 않았다. 내 심장은 곤히 잠든 사람처럼 편안하게 뛰었다. 나는 팔짱을 낀 채 지하실을 왔다 갔다 하면서 유유히 걸어 다녔다. 더 이상 나올 것이 없다고 여긴 경찰들은 떠날 채비를 했다. 마음속에서 기쁨이 솟아올라 억누르기 힘들었다. 승리의 표시로 한마디라도 더 말해서 나의 결백을 거듭 확인시켜 주고 싶어 입이 근질거렸다.

"여러분!"

경찰들이 계단을 오를 때 나는 드디어 입을 열었다.

"의혹이 풀려서 참 다행입니다. 여러분 모두 건강하시고 예의도 좀 더 갖추시길 바랍니다. 그건 그렇고, 여러분, 이 집 말이죠. 이 집은 아주 잘 지어진 집입니다."

무슨 말이든 하고 싶어 바싹 몸이 달아오른 나는 스스로도 무슨 말을 하는지 몰랐다.

"정말로 특별하게 잘 지어진 집이라 할 수 있지요. 이 벽도 말입니다. 아! 여러분, 가시려는 건 아니죠? 이 벽도 꽤 단단하게 쌓은 거랍니다."

허세를 부리며 잔뜩 격앙된 나는 손에 든 막대기로 사랑하는 아내의 시체를 세워 둔 바로 그 부분을 세차게 두드렸다.

오, 신이시여! 악마의 독니로부터 저를 보호하소서! 막대기로 친 벽의 울림이 사라지자마자 무덤 안에서 답이라도 하듯 어떤 소리가 들렸다! 처음에는 어린아이의 흐느낌처럼 작고 띄엄띄엄하던 소리가 이내 인간의 것이 아닌 기이하면서도 시끄럽고 잔인한 비명으로 변했다. 그것은 마치 지옥에 떨어져 고통받는 사람들과 그들을 벌하며 기뻐 날뛰는 악마들이 동시에 내지르는 소리처럼, 공포와 승리가 뒤섞인 날카로운 절규였다.

순간 내가 어떤 생각을 했는지는 말할 필요도 없다. 눈앞이 아찔해진 나는 휘청거리며 반대편 벽으로 물러났다. 계단에 서 있던 경찰들도 일순간 극도의 공포와 두려움으로 굳어 버리고 말았다. 곧이어 건장한 경찰들이 벽을 허물기 시작했다. 벽은 와르르 무너져 내렸다.

심하게 썩고 핏덩이가 말라붙은 시체가 구경꾼들 앞에 꼿꼿이 서 있었다. 시체의 머리 위에는 무서운 검은 고양이가 피 묻은 입을 크게 벌리고 외눈을 번뜩이며 앉아 있었다. 교활한 술수로 나를 살인자로 만들고, 소리를 질러 나를 사형 집행인의 손에 인도한 바로 그 끔찍한 고양이였다. 나는 그 괴물을 아내의 시체와 함께 벽 속에 발라 버렸던 것이다!

더 레이븐

어느 쓸쓸하고 깊은 밤, 나는 힘없이 지쳐 있었다.

지금은 잊힌 진기한 옛이야기 책을 떠올리다

고개를 꾸벅이며 졸고 있는데 갑자기 누군가 똑똑,

내 방문을 가볍게 두드리는 소리가 들렸다.

나는 중얼거렸다.

"누가 내 방문을 두드리는군. 그뿐, 그뿐이야."

아, 또렷이 기억난다. 음울하던 12월의 그날,

꺼져 가는 잿불 하나하나 마루에 그림자를 던지던 그날.

나는 간절히 바랐다. 아침이 오기를, 책으로 슬픔을 잊을 수

있기를,

레노어를 잃어버린 그 슬픔을 모두 잊을 수 있기를
헛되이 헛되이 바랐다.
천사들이 레노어라 이름 지은 찬란하게 빛난 그 소녀,
그 이름 이 세상에서 영원히 사라졌네.

자줏빛 커튼이 스치는 부드럽고 슬픈 소리에 나는 몸서리를
쳤다.
처음 느끼는, 알 수 없는 공포가 주위를 둘러쌌다.
두근거리는 가슴을 달래려 자리에서 일어나 되뇌었다.
"누가 방문 앞에서 문을 열어 달라는군.
이 늦은 밤 누가 내 방문 앞에서 문을 열어 달라는군.
그뿐, 그뿐이야."

나는 마침내 마음을 가다듬고는 주저 않고 말했다.
"남자분인지 여자분인지 진정 용서를 빕니다.
가볍게 또 약하게 두드리는 이 문소리를
제가 설핏 잠이 들어 듣지 못했네요."
그리고 내가 문을 활짝 열었을 때 그곳에는 어둠뿐, 그뿐이
었다.

그 짙은 어둠 속을 살피며 나는 한동안 서 있었다.

놀라워하며, 두려워하며, 궁금해하며,

누구도 감히 꿈꾸지 못했던 꿈을 꾸며.

하지만 고요함은 깨지지 않고 그 어떤 징조도 없이 정적만

흘렀다.

들리는 소리는 오직 내가 속삭인 한마디,

"레노어?"

다시 메아리로 들리는

"레노어!"

오직 그뿐, 그뿐이었다.

타 버릴 듯한 마음으로 방에 돌아왔을 때

아까보다 더 크게 똑똑, 두드리는 소리가 들렸다.

"분명, 분명 무언가 창문에 있구나.

무엇이 있는지, 무슨 일인지 살펴봐야지.

마음을 가라앉히고 무슨 일인지 살펴봐야지.

바람 소리뿐, 그뿐이야."

덧문을 활짝 열자, 날개를 푸드덕거리며

성스럽던 그 옛날의 위풍당당한 까마귀가 들어왔다.

예의를 차리지도 않고, 망설임도 머뭇거림도 없이

마치 귀족이나 된 듯 우아한 몸짓으로 방문 위에 올라앉았다.

방문 위에 걸어 둔 팔라스 흉상에 올라앉았다.

그렇게 올라앉아 있을 뿐, 그뿐이었다.

이 흑단같이 검은 새의 엄숙하고 점잖은 표정에

나는 슬픈 공상을 잠시 잊고 미소를 지었다.

"볏은 깎이고 닳았지만 너는 겁이 없구나.

밤의 기슭에서 날아온 소름 끼치도록 차가운 그 옛날의 까마

귀여,

지옥 같은 밤의 기슭에서 부르던

너의 당당한 이름을 말해 다오!"

까마귀가 말했다. "다시는 아니야."

이런 새 따위가 이토록 분명히 말을 하다니.

뜻도 없고 맞지도 않는 대답이었으나 나는 적잖이 놀랐다.

살아 있는 사람 중 누구도 누리지 못했다.

방문 위에 올라앉은 새를 보는 축복을,

방문 위 조각에 앉은 새든 짐승이든

"다시는 아니야"라고

자신의 이름을 말하는 것을 보는 축복을.

까마귀는 조용한 흉상 위에 덩그러니 앉아

마치 영혼이라도 담은 듯 그 말만 하고는

입을 닫고, 깃털 하나 움직이지 않았다.

나는 나직이 속삭였다.

"친구들이 떠나갔듯이, 희망이 사라졌듯이,

그도 내일이면 떠나가겠지."

까마귀가 말했다. "다시는 아니야."

정적을 깨는 꼭 맞는 대답에 나는 깜짝 놀랐다.

"틀림없이 머릿속에 있는 단어를 내뱉을 뿐이겠지.

무자비한 재앙이 덮치고 덮쳐 온 불행한 주인이

저 한마디를 노래한 거겠지.

저 구슬픈 한마디로 희망을 잃은 슬픔을 노래한 거겠지.

'다시는, 다시는 아니야'라고."

까마귀 덕분에 나는 슬픈 공상을 잠시 잊고 미소를 지었다.

나는 곧장 새와 흉상과 문 앞으로 푹신한 의자를 끌어다 놓고 벨벳 쿠션 위에 편안히 앉아 공상에 빠져들었다.

그 옛날의 불길한 새가,

차갑고, 볼품없고, 소름이 끼치고, 말라빠진, 그 옛날의 불길한 새가

"다시는 아니야"라고 우짖는 소리의 뜻을 찾아서.

골똘히 공상에 잠겨, 새의 불타는 두 눈이 가슴을 파고들어
도 나는 그에게 아무 말도 하지 않았다.

등불이 감미롭게 내리비치는 벨벳에 머리를 기댄 채,

이런저런 생각에 빠져 있었다.

하지만 등불이 감미롭게 내리비치는 이 자줏빛 벨벳에

그녀는 기대지 못하리라, 아, 다시는 못하리라.

그때 천사들이 촘촘한 마룻바닥 위로 발소리를 내며 들어와 보
이지 않는 향로를 흔들며

향기로 공기를 채우는 듯했다.

나는 소리쳤다.

"가련한 것! 신이 너에게, 이 천사들을 시켜 너에게

레노어의 기억을 잊게 하는 약을 보냈구나!

마셔라! 아, 이 친절한 약을 마시고, 떠나 버린 레노어를 잊어
라!"

까마귀가 말했다. "다시는 아니야."

"예언자여! 악마의 짐승이여! 새든 악마든, 여전히 예언자로다!

악마가 보냈든, 폭풍에 날려 왔든

마법에 걸린 이 쓸쓸한 땅에서, 공포에 사로잡힌 이 집에서

고독하지만 흔들리지 않는 자여, 나에게 말해 다오.

길레아드에 향유가 정말 있는가? 말해 다오. 이렇게 청하노니 말해 다오!"

까마귀가 말했다. "다시는 아니야."

"예언자여! 악마의 짐승이여! 새든 악마든, 여전히 예언자로다!

우리를 굽어보는 하늘에 대고, 우리가 받드는 신의 이름을 걸고,

슬픔으로 가득한 이 영혼에게 말해 다오. 아득한 천국에 가면

천사들이 레노어라 이름 지은 거룩한 소녀를 안을 수 있다고,

천사들이 레노어라 이름 지은 찬란하게 빛나는 소녀를 안을 수 있다고."

까마귀가 말했다. "다시는 아니야."

나는 벌떡 일어나 소리쳤다.

"새든 악마든, 그 말을 작별 인사라 치자!

폭풍 속으로, 지옥 같은 밤의 기슭으로 돌아가라!

네 영혼이 내뱉은 거짓말의 표시, 검은 깃털 하나 남기지 마라!

내 고독을 깨지 말고 떠나라! 내 방문 위 흉상에서 내려오라!

내 심장에 박힌 네 부리도 빼내어

문밖으로 썩 사라져라!"

까마귀가 말했다. "다시는 아니야."

까마귀는 날아가지 않고 그대로, 그대로,
내 방문 위 창백한 팔라스 흉상에 앉아 있다.
그의 눈은 꿈꾸는 악마의 모습 그 자체이며
등불은 그의 등을 타고 흘러 바닥에 그림자를 드리운다.
내 영혼은 바닥을 뒤덮은 이 그림자에서
벗어나지 못하리라. 다시는 못하리라!

---

* raven은 주로 갈까마귀로 번역되나 미국에서 raven이라고 불리는 새는 검은 털로 뒤덮인 아주 큰 새를 뜻한다. 갈까마귀는 그보다 체구가 작고 목 주변에 흰색이나 회색 털이 있는 새다. raven을 우리말로 표현하면 큰 까마귀가 가장 적합하기에 제목은 원문대로 〈더 레이븐〉으로 하였으나 본문의 raven은 모두 까마귀로 번역했다.

모르그 거리의 살인 사건

사이렌들이 어떤 노래를 불렀는가.
아킬레스가 여인들 사이에 숨었을 때 어떤 가명을 사용했는가.
그것은 어려운 문제이나 전혀 추측이 불가능한 것은 아니다.
– 토마스 브라운 경

분석력이라 불리는 정신적 특성 자체를 분석하는 일은 쉽지 않다. 분석력을 활용하여 얻은 결과를 통해 그 능력을 인식할 수 있을 따름이다. 매우 뛰어난 분석력을 지닌 사람은 거기에서 항상 생생한 즐거움을 얻는다는 사실을 우리는 무엇보다 잘 알고 있다. 힘센 사람이 자신의 신체적 능력에 자부심을 느끼고 근육을 움직이는 운동을 즐기는 것처럼, 분석가 역시 무언가를 해결하는 정신 활동에서 기쁨을 찾는다. 분석가는 자기 능력을 발휘할 아주 사소한 기회만 있어도 즐거워한다. 수수께끼, 풀기 어려운 문제, 상형 문자를 좋아하여 보통 사람들에게는 초인적으로 보일 만큼 빠르고 정확하게 답을 내놓는다. 이는 체계성의 정수라 할 수 있는 분석을 통해 얻은 결과지만 겉보기에는 직관을 통해 얻은 결과처럼 느껴진다. 문제 해결 능력이라 할 수 있는 분석력은 수학 공부를 통해 크게 강화시킬 수 있다. 특히 수학의 최상위 분야는 분석력을 키우는 데 매우 효과적이다. 이 최상위 분야는 답에서 출발해 식이나 계산 과정으로 거슬러 올라가는 역연산을 사용한다는 이유로 가장 탁월한 수준의 분석으로 대우받고 있다.

예를 들어 체스를 두는 사람은 계산은 하지만 분석은 하지 않는다. 일반적으로 사람들은 체스가 정신에 미치는 영향을 잘못 이해하고 있는 것이다. 나는 지금 논문을 쓰는 것이 아니라 다소 기이한 이야기를 소개하기 전에 생각나는 대로 서문을 쓰는 중이다. 그러므로 나는 이 기회에 가볍고 교묘한 게임인 체스를 할 때보다, 단순한 게임인 체커를 할 때 고도의 사고력을 더 유용하게 활용할 수 있음을 보이려 한다. 체스는 말이 제멋대로 이동하고, 말의 의미도 때에 따라 변하면서 각기 다른 방식으로 독특하게 움직이는 게임이다. 사람들은 체스가 복잡하기 때문에 더 심오할 것이라고 쉽게 착각한다. 그러나 체스에 필요한 것은 고도의 사고력이 아니라 강한 집중력이다. 만일 집중력이 한순간이라도 흐트러지면 실수를 저질러 말을 잃거나 게임에서 지게 된다. 말을 움직이는 방식이 다양하고 복잡하기 때문에 이런 실수를 저지를 가능성은 더욱 커진다. 따라서 체스에서는 명민한 사람이 아니라 집중력 강한 사람이 대부분 승리를 거둔다.

이와 반대로 체커는 말의 움직임이 정해져 있고 의미가 변하는 경우가 거의 없어서 실수할 가능성이 낮다. 그러므로 체스에 비해 적은 집중력을 요구하며 더 명민한 사람이 유리한 고지를 점령하게 된다. 좀 더 구체적인 예를 들어 체커 게임에서 양쪽 모두 킹만 네 개 남았다고 가정해 보자. 이런 상황에서는 당연히 실수할 가능성이 없다. 이때 양쪽의 조건이 동일하면 더 강한 지적 능력을 발휘하여 말을 현명하게 움직이는 사람이 승리하게 된다. 일반적으로 쓸 수 있는 수가 다 떨어지면 분석가는 자기의 정신을 상대방의 정신에 대입하여 그 사람과 자신을 동일시한다. 그리하여 상대의 실수나 판단 착오를 유도하는 유일한 방법, 때로는 정말 터무니없이 간단한 방법을 단번에 파악하는 경우가 많다.

휘스트*는 오래 전부터 계산력을 길러 주는 것으로 유명한

---

* 두 사람이 한 팀을 이루며 두 팀끼리 겨루는 카드 게임이다.

게임이다. 매우 명민한 사람들은 체스를 시시하다며 기피하는 반면에 휘스트는 엄청나게 즐기는 것으로 알려져 있다. 휘스트만큼 뛰어난 분석 능력을 요구하는 게임은 분명 존재하지 않는다. 서구 세계에서 체스를 가장 잘하는 사람은 그저 최고의 체스 명수일 뿐이다. 그러나 휘스트에 능통하다면 상대와 정신적으로 겨루는 모든 중대한 승부에서 승리할 능력이 있다는 것을 뜻한다.

여기에서 능통하다는 말은 게임을 완벽하게 한다는 의미로서 정당하게 이점을 얻을 수 있는 모든 요인을 파악하는 것까지 포함한다. 이러한 요인은 그 수뿐만 아니라 형태도 다양하다. 또한 사고의 깊은 곳에 자리 잡고 있어서 일반적인 이해력으로는 결코 접근할 수 없다. 대상을 주의해서 관찰한다는 것은 그것을 명확하게 기억할 수 있다는 의미이다. 그런 면에서 집중력이 뛰어나 체스를 잘하는 사람이라면 휘스트 역시 잘할 수 있을 것이다. 또한 영국의 휘스트 전문가 호일의 법칙은 순전히 게임 방법에만 근거한 규칙으로 충분히 이해할 수 있는 내용이다. 기억력이 뛰어나고 규칙을 준수하면 일반적으로 게임을 잘하는 데 필요한 핵심 요소를 모두 갖춘 것으로 본다.

하지만 분석가의 능력은 규칙의 제한을 받지 않는 곳에서 드러난다. 분석가는 조용히 많은 것을 관찰하고 추론한다. 그와 함께 휘스트를 하는 사람들도 마찬가지로 행동할 것이다. 이들이 각자 획득하는 정보량의 차이는 타당하게 추론하는가에 달린 것이 아니라 얼마나 제대로 관찰하는가에 달려 있다. 이때 무엇을 관찰해야 하는지 반드시 알고 있어야 한다. 분석가는 관찰 영역을 제한하는 법이 없다. 또한 게임을 하는 것 자체가 목표라는 이유로 그 외의 요소를 추론 대상에서 배제시키지도 않는다.

그는 자기편의 표정을 살핀 다음 상대편의 표정과 신중하게 비교한다. 또한 그는 사람들이 각자 자신의 카드에 어떤 눈길을 던지는지 관찰하여 이들이 어떤 방식으로 카드를 분류했는지 파악한다. 관찰해 보면 으뜸 패는 으뜸 패끼리 모아 놓고, 같은 패는 같은 패끼리 따로 모아 놓은 경우가 많다.

분석가는 게임을 하는 동안 사람들의 표정 변화에 계속 주목하여 확신에 찬 표정과 놀라는 표정, 의기양양한 표정과 원통해하는 표정의 차이를 파악하고 정보를 축적한다. 트릭을 가져가는 사람의 태도를 보고 그가 또 다른 짝을 맞출 수 있는지 여부를 판단하기도 한다. 또한 상대방이 카드를 탁자 위에 던질 때면 무슨 속셈으로 그러는 것인지 알아낸다. 상대가 우연히 혹은 무심코 어떤 말을 꺼낼 때, 떨어지거나 뒤집힌 카드를 조급하게 감추거나 혹은 무심하게 숨길 때, 가져간 트릭을 자신의 배열 방식에 맞게 정리할 때, 당황하거나 머뭇거리거나 열을 올리거나 불안해할 때, 분석가는 이 모든 순간에서 얻은 단서를 겉보기에는 직관적인 자신의 지각에 전달하여 사태의 진상을 파악한다. 게임을 시작하여 두세 판 정도 하고 나면 그는 다른 사람들이 어떤 카드를 쥐고 있는지 모조리 알아차린다. 이때부터 그는 사람들의 카드를 직접 보면서 게임을 하는 것처럼 정확하게 필요한 카드만 내놓게 되는 것이다.

분석력을 창의성과 혼동해서는 안 된다. 분석가는 반드시 창의적인 반면에, 창의적인 사람은 분석력이 떨어지는 경우가 많기 때문이다. 보통 창의성은 무엇인가를 구성하거나 결합하는 능력을 통해 드러나는데, 골상학자는 이러한 능력을 원시적인 것으로 여기고 이를 담당하는 신체 기관이 별도로 존재한다고 주장했다.

나는 여기에 동의하지 않는다. 다른 한편으로는 지능이 낮은 사람들이 구성력이나 결합 능력을 보이는 사례가 많아 정신 분석 학자들의 주목을 끌기도 했다. 창의성과 분석력의 차이는 공상과 상상의 차이보다 더 크지만 차이의 특성 또한 매우 유사하다. 실제로 창의적인 사람은 늘 공상에 빠져 있으며, 진정 상상력이 풍부한 사람은 반드시 분석적이라는 것을 알 수 있다.

지금부터 내가 하는 이야기는 방금 제시한 명제를 풀어서 설명하는 것이라고 볼 수 있겠다.

18XX년 여름 무렵에 나는 오귀스트 뒤팽이라는 사람과 가

까워졌다. 이 젊은 신사는 명문가 태생이었으나 여러 가지 불운한 일을 겪으면서 곤궁한 상황에 처해 자신의 능력을 발휘하지 못하고 있었다. 그는 사회적인 활동을 중단한 상태였으며 재산을 되찾는 일에도 관심이 없었다. 하지만 채권자들의 호의로 적은 유산이나마 지킬 수 있게 되어 거기에서 나오는 수입으로 꼭 필요한 것만 갖추고 검소하게 살고 있었다. 그의 유일한 사치품은 책이었는데, 마음만 먹으면 얼마든지 파리에서 쉽게 구할 수 있었다.

우리가 처음 만난 곳은 몽마르트르 거리의 이름 없는 서점이었다. 우연하게도 우리 둘 다 매우 가치 있고 희귀한 어떤 책을 찾고 있었으며 그 덕분에 가까운 사이가 되었다. 우리는 자주 만났다. 자기 이야기를 할 때면 솔직해지는 프랑스인답게 그가 상세히 털어놓은 가족사에 나는 깊은 흥미를 느꼈다. 또한 나는 그의 방대한 독서량에도 경탄했다. 그리고 무엇보다도 그의 자유로운 열정과 활기차고 신선한 상상력 때문에 내 영혼이 뜨거워지는 것을 느꼈다.

그 당시 파리에서 무언가를 찾고 있던 나는 이런 사람과 교제하는 것이야말로 돈으로 환산할 수 없을 만큼 가치 있는 일이라고 생각했다. 나는 그에게 이런 생각을 솔직하게 전했고 파리에 머무는 동안 우리는 함께 살게 되었다. 주머니 사정이 뒤팽보다 나았던 내가 낡고 기괴한 저택을 빌렸고 집 안을 꾸미는 데 드는 비용 또한 내가 지불하기로 했다. 그 집은 어떤 미신 때문에 오랫동안 비어 있었지만 우리는 개의치 않았다. 금방이라도 무너질 것 같은 이 저택은 파리 교외 생제르맹의 구석지고 적막한 곳에 자리 잡고 있었다.

남들이 우리 일상에 대해 알았다면 우리를 위험하지는 않아도 분명 제정신이 아닌 사람들이라고 생각했을 것이다. 우리는 완벽하게 은둔했다. 손님을 초대하지도 않았고, 나의 옛 동료들에게 집 주소를 알려 주지도 않았다. 뒤팽은 오래 전부터 파리의 지인들과 연락을 끊은 상태였다. 우리는 온전히 우리만의 세상에서 살았다.

뒤팽에게는 밤의 매력에 푹 빠져들어 공상을 펼치는, 달리 무엇이라 부를 수 없는 해괴한 취향이 있었다. 나는 그의 다른 기벽에 굴복한 것과 마찬가지로 이 취향에도 말없이 따랐다. 그의 걷잡을 수 없는 변덕에 나 자신을 완벽하게 내맡겼던 것이다. 어둠의 여신이 항상 우리 곁에 있을 수는 없었으므로 우리는 그녀가 있는 것처럼 집을 꾸몄다.

동틀 무렵이 되면 우리는 낡은 집에 달린 지저분한 덧문을 모두 닫았다. 향이 강한 양초 두 자루를 밝히면 흐릿하고 희미한 불빛이 흘러나왔다. 이 불빛에 힘입어 우리의 영혼은 꿈속을 바쁘게 헤맸다. 책을 읽고 글을 쓰고 이야기를 나누다 보면 진짜로 밤이 왔음을 알리는 시계 소리가 들렸다. 그러면 우리는 나란히 거리로 뛰어나가 그날 논했던 주제에 대해 계속 이야기하거나 먼 곳까지 돌아다녔다. 화려한 불빛과 어지러운 그림자로 가득한 도시를 고요히 바라보며 무한한 정신적 흥분을 추구했던 것이다.

그가 상상력이 풍부하다는 것을 알기에 예상했던 점이기는 하지만, 나는 뒤팽의 독특한 분석력을 깨달을 때면 감탄하지 않을 수 없었다. 물론 그는 자신의 분석력을 과시하는 일은 없었지만 분석력을 발휘하는 일 자체를 무척 즐기는 듯했으며, 그런 일에서 기쁨을 느낀다고 주저 없이 말했다. 그는 나지막하게 웃으면서 자신이 보기에는 모든 사람이 가슴에 창문을 달고 다니는 것 같다고 말했다. 그리고 이러한 주장을 뒷받침하기 위해 자신이 나에 대해 매우 놀랄 만큼 정확하게 파악했다는 것을 증명해 보였다. 이런 순간이 되면 그는 냉정하고 인간미 없는 태도를 취했다. 눈에는 아무 감정도 담겨 있지 않았으며, 평소 크고 풍부하던 목소리는 뾰족하고 날카로운 고음으로 변했다. 그가 명확한 발음으로 찬찬히 말하지 않았다면 화를 내는 소리처럼 들렸을 것이다. 나는 그의 이런 모습을 보면서 한 사람의 영혼이 두 개로 나뉘어 있다는 오래된 철학을 곰곰이 생각해 볼 때가 많았다. 그런 다음 한쪽은 창의적이고 다른 한쪽은 분석적인 두 모습의 뒤팽을 상상하며 즐거워했다.

위에 언급한 내용 때문에 내가 뒤팽에 대해 신비스럽거나 애정 어린 이야기를 늘어놓는다고 생각해서는 안 된다. 뒤팽의 특성은 순전히 흥분하거나 병적인 지성에서 비롯된 것이었다. 문제의 시기에 그가 했던 말의 특성을 전달하려면 구체적인 예를 드는 것이 좋겠다.

어느 날 밤, 나와 뒤팽은 팔레 루아얄 부근의 길고 지저분한 거리를 산책하고 있었다. 우리 둘 다 깊은 생각에 잠겨 적어도 십오 분 정도 아무 말도 하지 않고 있었다. 그런데 뒤팽이 난데없이 이렇게 말했다.

"그 친구가 정말 작긴 해. 바리에테 극장으로 옮기면 훨씬 잘할 수 있겠지."

"그건 분명하네."

나는 무심코 대답했다. 너무 깊이 생각에 잠겨 있던 탓에 처음에는 뒤팽이 내 생각을 꿰뚫어 보았다는 사실을 깨닫지 못했다. 그러나 잠시 후 정신을 차리자마자 엄청나게 놀라고 말았다. 나는 진지하게 입을 열었다.

"뒤팽, 정말 이해할 수 없는 일이군. 놀라서 내 귀를 의심할 지경이야. 어떻게 알았나? 내가 떠올린 사람을……."

나는 여기에서 말을 멈췄다. 뒤팽이 정말 내가 생각했던 사람을 맞췄는지 확인하고 싶었다. 뒤팽이 대답했다.

"샹틸리의 일이지. 왜 말을 하다 말았나? 자네는 그의 체구가 왜소해서 비극에 어울리지 않는다고 생각했지."

그는 정확하게 내 생각을 맞췄다. 샹틸리는 생 드니 거리에서 일하던 구두 수선공으로 연극에 완전히 빠져 프랑스 극작가 크레비용의 비극 〈크세르크세스〉에 출연했으나 보기 좋게 망신만 당하고 말았다. 나는 큰 소리로 말했다.

"아무쪼록 설명해 주게. 자네가 어떻게 내 마음을 꿰뚫어 볼 수 있었는지 나는 정말 알고 싶네. 방법이 있다면 가르쳐 주게나."

사실 나는 훨씬 더 놀랐지만 그런 마음을 드러내고 싶지는 않았다. 뒤팽이 입을 열었다.

"자네가 샹틸리가 〈크세르크세스〉나 그와 비슷한 종류의 비극에 출연하기에 키가 작다고 생각하게 만든 원인은 과일 장수였네."

"과일 장수라! 놀랍군. 나는 그 사람이 기억조차 나지 않네."

"십오 분 전, 우리가 거리에 들어설 때 달려오다가 자네와 부딪친 사람 말일세."

그제야 C 거리를 지나 이곳으로 들어설 때 사과가 든 커다란 바구니를 이고 있던 남자가 실수로 나를 넘어뜨릴 뻔했던 일이 떠올랐다. 하지만 그 일과 샹틸리가 무슨 상관인지 도무지 알 수가 없었다. 뒤팽은 조금도 허풍을 떠는 것 같지 않았다. 그가 다시 입을 열었다.

"설명하도록 하지. 우선 내가 자네에게 말을 건 순간부터 문제의 과일 장수와 부딪치기까지 자네의 사고 경로가 어떠했는지 되짚어 보면 모든 것을 명확하게 이해할 수 있을 거야. 사고 경로를 구성하는 큰 고리들은 바로 샹틸리, 오리온, 니콜스 박사, 에피쿠로스, 스테레오토미,* 포석 그리고 과일 장수라네."

인생의 어떤 시기에 특정한 결론을 내렸을 때, 그 결론에 도달하기까지의 거친 과정을 되짚어 보는 것을 즐기지 않는 사람은 없을 것이다. 이 흥미로운 일을 처음으로 시도해 본 사람이라면 자신이 생각을 시작한 시점과 마지막에 도달한 지점이 엄청나게 먼 데다 논리적으로도 무관하다는 사실에 놀라기 마련이다. 그래서 뒤팽이 내 사고 과정을 분석하자 나 또한 크게 놀랐으며 그의 말이 옳다는 것을 인정할 수밖에 없었다. 그는 설명을 계속했다.

"내가 제대로 기억하고 있다면 우리는 C 거리를 떠나기 직전에 말에 관한 이야기를 나눴네. 말이 우리의 마지막 토론 주제였던 거야. 우리가 이 거리로 건너왔을 때 큰 바구니를 인 과일 장수가 우리 옆을 빠르게 스치면서 자네를 포석 더미 쪽으로 밀쳤지. 길을 수리하던 중이라 그곳에 포석이 쌓여 있었거든. 자네는 포석 파편을 밟고 일어나다 미끄러져 발목을 살짝 삐었지. 그런 다음 짜증스러운 표정으로 포석 더미를 바라보며 몇 마디 말을 중얼거리고는 다시 가던 길을 갔어. 내가 자네 행동

---

* 돌 등의 고형 물질을 절단하는 기술이다.

에 특별히 신경 쓴 것은 아닐세. 무엇이든 관찰하는 습관이 배었을 뿐이야.

자네는 화가 난 표정으로 계속 땅에 있는 구멍이나 홈을 쳐다보며 걸었네. 그래서 자네가 아직도 포석에 대해 생각하고 있다는 것을 눈치챘지. 그러다 라마르틴이라는 작은 골목에 들어서게 되었지. 실험적인 방식으로 포석을 겹치고 못으로 고정시켜 땅을 포장해 놓은 곳이었어. 그때 자네의 표정이 밝아지면서 입술이 움직이는 모습을 보았네. 그런 종류의 도로 포장을 거창하게 일컫는 '스테레오토미'라는 용어를 중얼거린 것이 확실하다고 판단했지. 자네가 그 말을 하면서 '아톰'에 대해 생각하지 않을 리가 없었어. 그러면 자연스럽게 '에피쿠로스의 이론'으로 생각이 이어질 게 분명했지. 얼마 전 우리가 그 이론에 대해 이야기를 나눌 때, 나는 자네에게 아직 알려진 사실은 아니지만 에피쿠로스의 모호한 추측과 최근의 성운설이 많은 측면에서 일치한다고 말했었지. 그래서 나는 분명 자네가 시선을 하늘로 돌려 오리온자리를 바라볼 것이라고 예상했어. 그런데 자네는 정말 하늘을 올려다보더군. 나는 자네의 생각을 제대로 따라가고 있다고 확신하게 되었네.

그런데 어제 나온 〈뮤제〉에 샹틸리를 장황하게 비판하는 글이 실려 있지 않았나. 글을 쓴 풍자 작가는 샹틸리가 비극 출연을 고려해 개명한 것을 두고 라틴어 문구를 인용해 은근히 그를 모욕했지. 우리의 대화에 자주 등장했던 '첫 번째 글자는 예전의 소리를 잃었네'라는 문구 말이야.

내가 예전에 말했던 것처럼 이 문구는 원래 '우리온(Urion)' 이었던 단어가 '오리온(Orion)'으로 바뀐 것과 관련되어 있네. 이 문구가 실린 혹독한 비평을 자네가 잊어버릴 턱이 없다고 생각했지. 그래서 자네가 오리온과 샹틸리라는 두 가지 생각을 결합하리라는 것이 분명해진 거야. 자네의 미소에서 풍기는 분위기 때문에 자네가 두 생각을 합쳤다는 것을 알 수 있었어. 자네는 가여운 구두 수선공의 수난에 대해 생각했던 거야. 이때 자네는 문득 걸음을 멈추고 몸을 쭉 폈네. 샹틸리의 왜소한 체구에 대해 생각하고 있는 것이 분명했지. 바로 이 시점에서 내가 자네 생각에 끼어들어 '그 친구가 정말 작긴 해. 바리에테 극장으로 옮기면 훨씬 잘할 수 있겠지'라고 말한 거라네."

이런 대화를 나누고 얼마 지나지 않았을 때였다. 〈가제트 데 트리뷰노〉의 석간에 우리의 눈길을 끄는 기사가 실렸다.

〈기괴한 살인 사건〉

오늘 새벽 세 시경 생 로슈 지역 주민들은 연이어 들려오는 끔찍한 비명에 잠을 깼다. 비명의 출처는 레스파네 부인과 딸 카미유 양만 거주하고 있는 모르그 거리의 주택 4층에서 새어 나온 것 같았다.

십여 명의 주민들은 경찰관 두 사람을 대동하고 일단 정상적인 방식으로 주인의 허락을 받아 집 안으로 들어가려 했으나 아무 대답도 들을 수 없었다. 시간이 얼마간 지체되자 사람들은 쇠지렛대로 현관문을 부쉈다. 이때쯤 비명은 멈췄으나 사람들이 2층으로 이어지는 계단을 뛰어오르는 동안 두 명 혹은 그 이상이 거친 목소리로 언쟁을 벌이는 소리가 들려왔다. 집 위쪽에서 나는 소리 같았다.

2층 층계참에 도착하자 이 소리 역시 멈추고 집 안은 완전히 고요해졌다. 사람들은 서둘러 사방으로 흩어졌다. 4층 뒤쪽의 큰 방에 도착하자 문은 안쪽 열쇠 구멍에 열쇠가 꽂힌 채 잠겨 있어서 강제로 열어야 했다. 방문을 열자 상상조차 할 수 없는 광경이 펼쳐져 모든 사람을 경악하게 했다.

방 안은 엉망진창이었다. 가구는 부서진 채 사방에 나뒹굴고 있었다. 제자리에 있는 것은 침대 없는 침대 틀뿐이었고, 침대 자체는 방바닥 한가운데 던져진 상태였다. 의자 위에는 피가 잔뜩 묻은 면도칼이 놓여 있었다. 벽난로 위에는 사람의 회색 머리카락 뭉텅이가 두세 개 놓여 있었는데 역시 피범벅이었고 모근까지 잡아당겨 뽑힌 것으로 보였다. 마루 위에는 나폴레옹 금화 네 개, 황옥 귀걸이 한 짝, 커다란 은 숟가락 세 개, 조그만 양은 숟가락 세 개가 떨어져 있었으며 사천 프랑에 달하는 금화가 든 가방도 두 개 있었다.

방 한쪽 모서리에 서 있는 옷장 서랍은 열려 있었으며 물건이 많이 들어 있긴 했지만 무언가 도둑맞은 것이 분명했다. 침대 밑에서는 소형 철제 금고가 나왔다. 열쇠는 금고문에 꽂힌 채 열려 있었다. 그 속에는 오래된 편지 몇 통과 중요하지 않은 서류 몇 장만 들어 있었다.

그 방에서는 레스파네 부인의 흔적을 볼 수 없었다. 그런데 난롯가에 이상할 정도로 검댕이 많다는 점이 눈에 띄어 굴뚝 수색이 이루어졌다. 쓰는 것조차 끔찍하지만, 머리가 아래로 향한 채 거꾸로 처박혀 있던 딸 카미유 양의 시신이 끌려 나왔다. 시신이 좁은 굴뚝 구멍 속에서 상당히 높은 곳까지 들어가 있었다는 점을 감안하면 엄청난 힘이 가해진 셈이었다. 그때까지 시신에는 상당한 온기가 남아 있었다. 시신을 조사해 보니 피부가 벗겨져 상처가 생긴 곳이 많았다. 이는 물론 굴뚝에 처박힐 때 그리고 그 속에서 끌어내릴 때 생긴 상처였다. 얼굴에는 깊고 날카롭게 할퀸 자국으로 가득했고, 목 위에는 마치 목이 졸려 사망한 것처럼 시커먼 멍과 깊게 팬 손톱자국이 남아 있었다.

온 집 안을 샅샅이 조사했지만 추가로 발견된 사항은 없었다. 사람들은 돌이 깔린 작은 뒷마당으로 발길을 옮겼다. 그곳에는 레스파네 부인의 시신이 뒹굴고 있었다. 그녀의 목은 완전히 절단되어 시신을 들어 올리자 머리가 몸에서 떨어져 나오고 말았다. 그녀의 몸 또한 심각하게 훼손되어 겉보기에도 사람의 몸이라고 생각할 수 없을 정도였다.

이 끔찍한 미스터리를 풀 작은 실마리조차 아직 찾지 못한 것으로 알려져 있다. 다음 날 신문은 몇 가지 세부 사항을 추가로 보도했다.

〈모르그 거리의 비극〉

이 기괴하고 끔찍한 사건과 관련해 많은 사람이 조사를 받고 있다. 그러나 사건 해결에 빛을 비춰 주는 단서는 무엇 하나 발견되지 않았다. 오늘까지 수집한 구체적인 증언 내용은 다음과 같다.

세탁부 폴린느 뒤부르의 증언

세탁부 폴린느 뒤부르는 레스파네 모녀와 삼 년째 알고 지낸 사이로 그동안 이들을 위해 세탁을 했다고 증언했다. 레스파네 부인과 카미유 양은 서로 매우 다정하게 대했으며 사이가 좋아 보였다. 이들은 세탁비를 후하게 지불했다. 증인은 이 모녀의 생계 수단에 대해서는 알지 못하며, 레스파네 부인이 돈을 벌기 위해 점을 쳤던 것으로 알고 있다. 모녀에게 모아 둔 돈이 있다는 소문을 들었다. 증인이 세탁물을 가지러 가거나 돌려주러 갔을 때 그 집에서 다른 사람을 만난 적은 한 번도 없었다. 분명

하인을 고용하지도 않았다. 집 전체에서 가구가 있는 곳은 4층 뿐이었던 것 같다.

담배 가게 주인 피에르 모로의 증언

담배 가게 주인 피에르 모로는 거의 사 년 동안 레스파네 부인에게 소량의 담배와 코담배를 팔아 왔다고 증언했다. 증인은 태어나서 지금까지 모녀의 집 이웃에서 살아왔다. 레스파네 부인과 카미유 양은 살해당한 그 집에서 육 년 이상 살았다.

모녀가 살기 전에는 귀금속상이 그 집을 빌려서 살았으며, 이 사람은 집 위층을 여러 사람에게 시세보다 싼값에 다시 빌려 주었다. 그 집의 주인은 레스파네 부인이었다. 그녀는 귀금속상이 집을 함부로 쓰는 데 불만을 품고 그 집에 직접 들어갔으며 아무에게도 세를 주지 않았다. 부인은 어린애 같은 성격이었다. 모녀는 세상과 완전히 단절된 채 살았으며 돈이 많다는 소문이 있었다. 이웃들 사이에서는 레스파네 부인이 점을 친다는 말이 돌았으나, 증인은 그 소문을 믿지 않았다. 짐꾼이 한두 번 다녀가고 의사가 열 번 정도 드나든 것을 제외하면, 두 모녀 외에 그집으로 들어가는 사람을 본 적이 없다.

다른 이웃들도 대체로 비슷한 증언을 했다. 그 집에 자주 드나든 사람은 아무도 없었다. 모녀에게 살아 있는 친척이 있는지는 알려지지 않았다. 집 앞쪽 창의 덧문이 열려 있던 적은 거의 없었다. 4층 뒤쪽 방을 제외하면 집 뒤쪽 창의 덧문도 늘 닫혀 있었다. 그 집은 잘 지어졌으며 그리 낡은 상태도 아니었다.

경찰 이시도르 뮈제의 증언

경찰관 이시도르 뮈제는 새벽 세 시에 호출을 받아 그 집으로 출동했으며, 현관에 이삼십 명의 사람들이 안으로 들어가려고 애쓰는 모습을 보았다고 증언했다. 결국 쇠 지렛대가 아니라 총검을 이용해 강제로 문을 열었다. 그 문은 두 짝으로 된 접이식 문이었으며 위아래 모두 빗장이 채워져 있지 않아 어렵지 않게 열 수 있었다.

문이 강제로 열릴 때까지 비명 소리가 들리다가 갑자기 뚝 그쳤다. 어떤 사람이, 혹은 사람들이 엄청난 고통을 당해서 지르는 비명인 듯했다. 소리는 짧고 빠르게 나는 것이 아니라 크고 길게 이어졌다. 증인은 앞장서서 계단을 올랐다.

첫 번째 층계참에 이르렀을 때 두 사람이 화가 나서 크게 다투는 소리가 들렸다. 한쪽의 목소리는 거칠었고, 다른 쪽은 매우 날카롭고 괴상한 목소리를 냈다. 증인은 거친 목소리를 지닌 사람이 하는 말을 약간 알아들을 수 있었으며 이는 프랑스어였다. 여자 목소리가 아닌 것은 분명했다. 이 사람이 '빌어먹을!', '제기랄!'이라고 말하는 것을 들을 수 있었다. 날카로운 목소리는 외국인이 내는 것이었다. 남자인지 여자인지는 확실히 알 수 없었다. 무슨 말을 하는지 이해할 수 없었으나 스페인어를 사용한 것 같았다. 증인이 묘사한 방과 시신의 상태는 어제 보도된 바와 같다.

이웃 은세공사 앙리 뒤발의 증언

은세공인 앙리 뒤발은 모녀의 이웃으로 자신이 가장 먼저 집에 들어간 사람들 중 하나라고 증언했다. 증인은 뮈제의 증언을 전반적으로 확증해 주었다. 이들은 현관문을 강제로 열고 들어가자마자 다시 문을 닫아서 늦은 시간임에도 불구하고 매우 빠르게 모인 구경꾼들을 들어오지 못하게 막았다.

증인은 날카로운 목소리는 이탈리아인이 낸 것이라고 생각했다. 프랑스인이 아닌 것은 분명했다. 그러나 남자 목소리라고 확신할 수는 없으며 여자 목소리일 가능성도 있다고 말했다. 증인은 이탈리아어를 모르며 이 목소리의 주인이 무슨 말을 했는지 알아들을 수 없었지만, 억양을 듣고 이탈리아인일 것이라 추측했다. 증인은 레스파네 모녀와 알고 지냈으며 두 사람과 자주 이야기를 나누었다. 날카로운 목소리는 죽은 두 사람이 낸 것이 아니라고 확신했다.

식당 주인 오덴하이머의 증언

식당 주인 오덴하이머는 증언을 자청했다. 프랑스어를 할 줄 모르기 때문에 통역사를 불러 조사했다. 증인은 암스테르담 출신이며 비명이 들려왔을 때 그 집 앞을 지나고 있었다. 비명은 십분 정도 계속되었다. 길고 크게 들리는 비명은 끔찍하고 처참한 소리였다.

증인은 집 안으로 들어간 사람들 중 하나였다. 모든 면에서 앞선 증인들의 말을 확증해 주었으나 일치하지 않는 점이 한 가지 있었다. 증인은 날카로운 목소리의 주인이 남자이며 프랑스인일 것이라고 확신했다. 무슨 말을 한 것인지는 알아들을 수 없었다. 목소리는 크고 빠르고 불안정했으며 분노와 두려움이 뚜렷하게 담겨 있었다. 또한 그 목소리는 날카롭다기보다 냉혹하게 들렸다. 거친 목소리의 주인은 반복해서 '제기랄!', '빌어먹을!'이라고 말했으며 한 번은 '하느님 맙소사!'라고 외쳤다.

들로랜 거리의 미뇨 부자, 은행가 쥘르 미뇨의 증언

미뇨 부자는 은행에서 일한다. 증언은 아버지가 했는데, 레스파네 부인이 재산을 얼마 정도 갖고 있었다고 했다. 그녀는 팔 년 전에 미뇨 은행에 계좌를 개설하여 소액을 자주 예금했다. 한 번도 돈을 찾아가지 않다가 이번 사건이 일어나기 삼 일 전에 직접 사천 프랑을 찾아갔다. 돈은 모두 금화로 지급되었으며 직원 한 명이 부인의 집까지 동행했다.

미뇨 부자 은행의 은행원, 아돌프 르 봉의 증언

아돌프 르 봉은 미뇨 부자 은행에서 일하며 문제의 그날 정오쯤 두 개의 가방에 사천 프랑을 나눠 들고 레스파네 부인과 함께 그녀의 집으로 갔다고 증언했다. 현관문이 열리고 카미유 양이 나와서 증인이 든 가방 하나를 건네받았으며, 나머지 하나는 레스파네 부인이 받아 들었다. 증인은 인사를 하고 그곳을 떠났다. 그때 거리에는 아무도 없었다. 그 거리는 뒷골목에 위치해 있어서 인적이 매우 드물었다.

재단사 윌리엄 버드의 증언

재단사 윌리엄 버드는 그 집에 들어간 사람들 중 하나였다고 증언했다. 증인은 영국인이며 파리에 이 년째 살고 있다. 계단을 가장 먼저 올라간 사람에 속하며 다투는 소리를 들었다. 거친 목소리는 프랑스인이 낸 것으로 몇 개의 단어를 알아들을 수 있었지만 전부 기억하지는 못한다. 그중에서 '제기랄!'과 '맙소사!'라는 말은 똑똑히 들었다. 마치 몇 사람이 뒤엉켜 다투며 옥신각신하는 것 같은 소리가 들렸다. 날카로운 목소리는 매우 컸으며 거친 목소리보다 더 컸다. 그 목소리는 절대 영국인이 낸 것이 아니며 독일인일 가능성이 있다고 말했다. 또한 여자의 목소리일 수도 있다고 증언했다. 증인은 독일어를 모른다.

지금까지 말한 증인들 가운데 경찰에 다시 불려 간 네 사람의 증언을 되짚어 보면 다음과 같다. 네 사람이 4층에 도착했을 때 카미유 양의 시신이 발견된 방의 문은 안에서 잠겨 있었다. 모든 것이 고요했고 신음이나 다른 어떤 소리도 들려오지 않았다. 방문을 강제로 열고 들어갔으나 아무도 눈에 띄지 않았다. 방 앞뒤에 있는 창문은 둘 다 굳게 닫힌 채 안에서 잠겨 있었다. 앞방과 뒷방을 연결하는 문은 닫혀 있었지만 잠겨 있지는 않았다. 앞방에서 복도로 나가는 문은 열쇠가 안쪽에 꽂혀서 잠겨 있었다.
4층 복도 맨 앞에 있으며 집 앞을 향하고 있는 작은 방의 문은 약간 열려 있었다. 이 방에는 오래된 침대와 상자 같은 물건들이 가득했다. 경찰은 물건들을 모두 조심히 옮겨서 살펴보았다. 집 안 구석구석 자세히 조사하지 않은 곳이 없었다. 굴뚝 위아래로 솔을 넣어 쓸어 보기도 했다. 집은 다락방이 붙은 사 층 주택이었다. 지붕에 나 있는 작은 문은 매우 튼튼하게 못질이 되어 있었고 몇 년 동안 전혀 열지 않은 것 같았다. 다투는 소리를 들은 후 4층 방문을 부수고 들어갈 때까지 걸린 시간에 대해서는 증언이 여러 갈래로 나뉘었다. 짧게는 삼 분에서 길게는 오 분 정도 걸렸다고 하는 사람도 있었다. 그 문은 열기가 어려웠다.

장의사 알폰소 가르시오의 증언

장의사 알폰소 가르시오는 모르그 거리에 산다고 증언했다. 증인은 스페인 출신이다. 그 집에 들어갔던 사람들 중 한 명이지만 위로 올라가지는 않았다. 겁이 많은 성격이라 소동의 결과를 보기 두려웠던 것이다. 증인 역시 다투는 소리를 들었다. 거친 목소리는 프랑스인이 낸 것이라 생각했으나 무슨 말인지 알아들을 수는 없었다. 날카로운 목소리의 주인은 영국인이라고 확신했다. 증인은 영어를 모르지만 억양으로 판단했다고 한다.

제과점 주인 알베르토 몬타니의 증언

제과점 주인 알베르토 몬타니는 자신이 계단을 가장 먼저 올라간 사람들 중 하나였다고 증언했다. 문제의 목소리를 들었다. 거친 목소리는 프랑스인이 낸 것이라 생각했으며 몇 개의 단어를 알아들을 수 있었다. 그 프랑스인은 상대를 타이르는 듯했다. 날카로운 목소리는 무슨 말을 하는지 알 수 없었다. 그 목소리는 빠르고 불규칙적으로 들렸다. 증인은 목소리의 주인이 러시아인일 것이라고 생각했다. 증인은 다른 사람들의 증언을 전반적으로 확증해 주었다. 증인은 이탈리아인이며 러시아인과 대화해 본 경험은 전혀 없다. 이후 경찰의 호출을 받고 몇몇 증인이 추가 증언을 했다.

경찰에 다시 불려 간 몇 명의 증인들은 4층에 있는 모든 방의 굴뚝은 너무 좁아서 사람이 지나갈 수 없다고 했다. 굴뚝 속을 조사하는 데 사용한 솔은 굴뚝 청소부들이 쓰는 것으로 빗자루가 달린 원통형 솔이었다. 경찰은 이 솔로 온 집 안의 연통을 위아래로 훑어보았다. 집에 들어간 사람들이 계단을 올라가는 동안 위에서 아래로 내려갈 수 있는 다른 통로는 없다. 카미유 양의 시신은 굴뚝에 매우 단단히 끼어 있어서 네다섯 명이 힘을 합치고 나서야 겨우 끌어내릴 수 있었다.

내과 의사 폴 뒤마의 증언

내과 의사 폴 뒤마는 동이 틀 무렵 시신을 조사해 달라는 연락을 받았다고 증언했다. 카미유 양이 발견된 방의 침대 틀에는 마직물이 깔려 있었고 그 위에 모녀의 시신이 놓여 있었다. 카미유 양의 시신은 어머니의 시신보다 멍든 자국과 찰과상 흔적이 더 많았다. 시신이 굴뚝에 처박혀 있었던 것이 그 원인이라고 할 수 있다. 또한 그녀의 목은 심하게 쓸린 상태였다. 턱 바로 아래쪽에는 깊게 할퀸 자국 몇 군데와 손가락에 눌려서 생긴 것이 분명한 여러 개의 검푸른 반점이 남아 있었다. 얼굴은 끔찍할 정도로 변색되어 있었으며 눈알이 튀어나와 있었다. 혀는 이빨로 물어뜯어 일부가 잘려 나간 상태였다. 명치에 있는 커다란 멍은 분명 무릎에 눌려서 생긴 것이었다.

증인의 의견에 따르면 카미유 양은 알려지지 않은 사람 혹은 사람들에게 목 졸려 살해당한 것으로 볼 수 있다. 레스파네 부인의 시신은 잔혹하게 훼손된 상태였다. 오른쪽 팔과 다리의 모든 뼈는 거의 산산조각 나 있었고, 왼쪽 정강이뼈와 갈비뼈는 심하게 부러져 있었다. 그녀의 온몸은 끔찍하게 멍들고 변색되어 있었다. 어떻게 이런 상처를 입게 된 것인지 설명조차 불가능할 지경이었다. 엄청나게 힘센 남자가 묵직한 나무 몽둥이나 굵은 쇠막대, 혹은 의자 같이 크고 무거운 둔기를 휘둘러서 입힌 상처일 가능성이 컸다. 여자였다면 어떤 흉기를 휘둘러도 이렇게 심한 상처를 입힐 수는 없었을 것이다. 증인이 살펴본 결과 레스파네 부인의 머리는 몸에서 완전히 잘려 나갔으며 심하게 부서져 있었다. 목은 면도칼로 추정되는 매우 날카로운 도구에 의해 잘린 것으로 보였다.

외과 의사 알렉상드르 에티엔느는 뒤마와 함께 시신을 조사했다. 알렉상드르 에티엔느는 조사 내용을 토대로 증언한 뒤마의 의견을 재확인해 주었다.

그 밖에도 여러 사람이 추가 조사를 받았지만 중요한 사항은 더 이상 밝혀지지 않았다. 파리에서 이토록 불가사의하고 혼란스러운 살인 사건이 일어난 적은 단 한 번도 없었다. 이것이 정말 살인 사건이라면 말이다. 경찰이 살인 사건을 처리하면서 이렇게 갈팡질팡하는 모습은 보기 드물다. 그러나 해결의 실마리는 전혀 보이지 않는 상황이다.

그날의 석간신문은 생 로슈 지역 주민들이 여전히 큰 충격에 빠져 있으며, 경찰이 문제의 집을 다시 철저히 수색했고, 증인 심문을 새롭게 시작했지만 아무런 성과가 없었다고 보도했다. 그런데 지금까지 상세히 보도된 사실만으로는 아돌프 르 봉이 유죄임을 입증할 수 없음에도 불구하고 경찰이 그를 체포해 가뒀다는 것이다. 그 소식은 기사 말미에 실려 있었다.

뒤팽은 이 사건의 진행 과정에 매우 흥미를 느끼는 것 같았다. 그는 아무 말도 하지 않았으나 나는 그의 태도를 보고 짐작할 수 있었다. 뒤팽은 르 봉이 수감되었다는 소식을 접한 후에 비로소 사건에 대한 내 의견을 물었다.

나는 그저 파리 사람 전체가 생각하는 것처럼 이번 사건을 해결 불가능한 미스터리로 간주할 따름이었다. 살인범을 찾을 방법은 없다고 판단했던 것이다. 그러자 뒤팽이 말했다.

"이렇게 표면적인 수사만으로 방법을 판단해서는 안 되네. 파리 경찰은 명민하다고 알려져 있지만 사실 잔꾀에 능한 것에 불과해. 당장 닥친 일을 해결하는 방법은 찾아도 사건 전체에 적용할 수 있는 방법은 떠올리지 못한다네.

경찰은 온갖 수단을 다 늘어놓지만 대상에 맞게 적용하지 못하는 경우가 많아. 프랑스 극작가 몰리에르가 쓴 《서민 귀족》의 주인공으로, 귀족이 되고 싶어 교육을 받는 벼락부자 주르댕 씨가 음악을 잘 듣기 위해 실내복을 입겠다고 하는 모습이 떠오를 정도지.

잘못된 방법을 사용하고도 놀라운 성과를 올리는 경우가 많은 편이지만 대부분은 그저 부지런히 활동해서 얻은 결과에 지나지 않아. 이러한 방식이 들어맞지 않으면 경찰의 계획은 실패로 돌아가고 마는 셈이지.

예를 들어 세계 최초의 탐정 비도크는 추측에 능하고 끈질긴 인물이었네. 하지만 생각하는 방법을 배우지 못했기 때문에 수사 강도를 조절하는 데 끊임없이 실패했다네. 대상을 너무 가까이서 들여다본 탓에 오히려 제대로 보지 못했던 걸세. 한두 가지 사항은 남달리 명확하게 볼 수 있었겠지만 문제를 전체적으로 보는 데에는 실패할 수밖에 없었지. 이런 식으로 지나치게 깊이 파고드는 경우가 있기 마련이네. 하지만 진실이 항상 깊은 우물 속에 있는 것은 아니야. 나는 사실 중요한 지식일수록 겉으로 드러나는 법이라고 생각하네.

우리가 진실을 찾아다니는 계곡이 깊은 것이지, 진실이 발견되는 산꼭대기가 깊은 것은 아닐세. 이를 알지 못해 저지르는 오류의 형태와 근원은 천체 관측에서 찾아볼 수 있지. 별을 곁눈질로 보면, 다시 말해 망막 바깥쪽이 별을 향하게 되면(바깥쪽이 안쪽보다 약한 빛을 예민하게 감지하므로) 별을 뚜렷하게 볼 수 있고, 그 빛을 가장 잘 감상할 수 있다네. 우리가 별을 정면으로 바라볼수록 별빛은 흐려지게 되어 있거든. 별을 정면으로 보면 엄청난 양의 광선이 우리 눈으로 들어오지만, 곁눈질로 보면 제한된 양의 광선만 들어와서 별을 제대로 볼 수 있지. 지나치게 파고들면 오히려 당황해서 사고력이 떨어진다네. 지나치게 끊임없이, 지나치게 집중적으로, 혹은 지나치게 똑바로 바라보면 금성조차 보지 못하게 될 수도 있어.

이 살인 사건을 판단하기 전에 우리가 직접 조사해 보도록 하세. 사건에 대해 조사해 보면 즐거울 거야. (나는 즐겁다는 말이 이런 상황에 어울리지 않는다고 생각했지만 아무런 대꾸도 하지 않았다.) 게다가 르 봉이 예전에 나를 도와준 적이 있어서 지금도 고맙게 여기고 있다네. 그 집을 찾아가서 우리 눈으로 직접 살펴보세. 내가 경찰 청장 G를 알고 있으니 출입 허가를 받는 것은 어렵지 않을 거야."

출입 허가를 받은 우리는 곧장 모르그 거리로 갔다. 모르그 거리는 리슐리외 거리와 생 로슈 거리 사이에 있는 초라한 거리 중 하나였다. 그곳은 우리가 사는 곳과 매우 멀리 떨어져 있었으므로 오후 늦게야 도착할 수 있었다.

살인이 일어난 집은 쉽게 찾을 수 있었다. 여전히 많은 사람이 단순한 호기심으로 그 집 건너편에 모여 닫힌 덧문을 바라보고 있었기 때문이다. 그 집은 파리에서 흔히 볼 수 있는 주택이었다. 현관문이 있었고 그 한편에는 미닫이창이 난 수위실이 있었다.

집 안으로 들어가기 전에 우리는 거리를 걸어 올라가서 골목으로 접어든 다음, 다시 한번 모퉁이를 돌아 사건이 발생한 집 뒤편으로 들어갔다. 거기까지 걷는 동안 뒤팽은 문제의 집과 모든 이웃집을 세세히 관찰했다. 나는 그가 무엇을 살펴보는지 정확히 알 수 없었다.

왔던 길을 되짚어가서 우리는 다시 그 집 현관에 이르렀다. 초인종을 누르고 출입 허가증을 내밀자 담당 경찰이 우리를 들여보내 주었다. 우리는 계단을 올라가 카미유 양의 시신이 발견된 방으로 들어갔다. 모녀의 시신은 여전히 그 자리에 있었으며 사건 현장도 그대로 보존되어 있었다.

나는 〈가제트 데 트리뷰노〉에 실렸던 사항 외에 새로운 것을 발견하지 못했다. 뒤팽은 피해자들의 시신을 포함해 모든 것을 샅샅이 살펴보았다. 그런 다음 우리는 다른 방들을 조사하고 뒷마당으로 내려갔다. 경찰관 한 명이 조사 내내 우리를 따라다녔다. 우리는 어두워질 때까지 조사한 다음 그곳을 떠났다. 집으로 돌아가는 길에 뒤팽은 어느 일간지 사무실에 잠시 들렀다.

뒤팽은 여러모로 변덕스럽지만 나는 "Je les ménagais(그 변덕을 아낀다)"라고 이야기한 적이 있다. 여기에서 프랑스어를 쓴 이유는 이런 뜻을 담고 있는 영어 표현이 없기 때문이다. 이 때 뒤팽이 부린 변덕은 다음 날 정오까지 그 사건에 대한 모든 대화를 거부하는 것이었다. 다음 날 정오가 되자 그는 갑자기 내게 참혹한 살인 현장에서 이상한 점을 발견했는지 물었다. 그가 '이상한'이라는 단어를 강조하는 태도에는 어떤 뜻이 담겨 있어 보였는데 나는 이유도 모른 채 몸서리를 쳤다.

"아니. 이상한 점은 찾지 못했네. 최소한 우리가 본 신문에 실린 것 외에는 말일세."

그러자 뒤팽이 말했다.

"나는 그 신문이 이 사건에서 보기 드물게 끔찍한 면은 다루지 않았다고 보네. 그러니 신문에 실린 나태한 의견 따위는 무시하도록 하세. 나는 이 미스터리를 해결 불가능한 사건으로 보이게 하는 이유가 미스터리를 풀 수 있는 확실한 이유일 것이라고 생각하네. 그 이유는 바로 이 사건이 매우 기괴하다는 점일세.

경찰은 살인을 저지를 동기가 없는 것이 아니라, 그렇게 잔혹하게 살해할 동기가 없는 것 같아서 혼란스러워하고 있지. 또한 누군가가 다투는 소리가 들렸다는 사실과 방에는 살해당한 카미유 양 외에는 아무도 없었다는 사실, 올라간 사람들에게 들키지 않고 집을 빠져나갈 방법이 없었다는 사실이 서로 들어맞지 않아서 곤혹스러워하고 있어.

난장판이 된 방, 굴뚝에 거꾸로 처박힌 시신, 끔찍하게 훼손된 노부인의 시신 그리고 말할 필요조차 없는 다른 사항들과 앞서 이야기한 것들을 한데 모아 놓자, 기민하다고 칭송받던 경찰의 능력이 완전히 마비되어 버리고 만 셈이지. 경찰은 특이한 것을 난해한 것과 혼동하는 중대하고도 흔한 오류를 저지른 거야. 하지만 이러한 특이성 때문에 이성은 진리로 이어지는 길을 찾을 수 있게 된다네.

우리는 이번 사건을 수사하면서 '어떤 일이 벌어졌는가?'를 따질 것이 아니라 '이전에 단 한 번도 없었던 일이 어떻게 이번에 벌어졌는가?'를 생각해야 할 거야. 사실 경찰이 이 미스터리를 해결하기 어렵다고 생각할수록 나는 이 미스터리를 간단히 해결할 수 있다고 생각하네. 어쩌면 이미 해결했을지도 모르겠네."

나는 놀라서 아무 말도 못하고 뒤팽을 바라보았다. 뒤팽이 방문이 있는 쪽을 쳐다보며 말을 이었다.

"나는 지금 어떤 사람을 기다리고 있네. 아마 이 잔혹한 살인 사건의 범인은 아니겠지만 그 일에 어느 정도 연루되어 있는 사람인 것은 분명해. 이 범행에서 최악이라 할 수 있는 행위에는 가담하지 않은 것 같아. 부디 이러한 추측이 들어맞길 바라네. 이 추측을 기반으로 전체적인 수수께끼를 풀 생각이니 말일세. 나는 그 사람을 바로 이 방에서 계속 기다리고 있네. 그는 오지 않을 수도 있어. 하지만 나타날 가능성이 더 높아. 만일 그가 온다면 반드시 붙잡아야 할 거야. 여기 권총이 있네. 총이 필요한 상황이 닥치면 어떻게 해야 할지 우리 둘 다 잘 알고 있지."

뒤팽이 독백이라도 하듯 혼자 말하는 동안 나는 내가 무슨 행동을 하는지, 혹은 무슨 말을 듣는 것인지, 거의 깨닫지 못한 채 권총을 받아 들었다. 이럴 때 그가 추상적인 태도를 취한다는 것은 이미 말한 바 있다. 내게 상황을 설명하는 그의 목소리는 결코 크지 않았으나 억양은 멀리 떨어져 있는 사람에게 말하는 것처럼 느껴졌다. 그는 무표정한 눈으로 벽만 바라보고 있었다.

"계단을 올라간 사람들이 들었던 다투는 소리를 여자들이 내지 않았다는 사실이 확실히 입증되었네. 그래서 혹시 레스파네 부인이 딸을 살해한 다음 자살한 것이 아닌가 하는 의심은 모두 사라졌지. 나는 체계적인 추론을 위해 이러한 점을 짚고 넘어가는 것일세. 레스파네 부인은 딸의 시신을 굴뚝에 거꾸로 처박을 힘이 없었을 것이고, 부인의 시신에 남아 있는 상처의 특성을 살펴보면 결코 자해해서 낼 수 있는 상처가 아니었어. 따라서 살인은 제삼자들의 소행임을 알 수 있지. 다투는 소리도 제삼자들이 낸 것이었네. 그러면 이제 그 목소리에 관한 증언 가운데 특이했던 부분으로 주의를 돌려 보세. 자네는 증언에서 뭔가 특이한 점을 발견했는가?”

　모든 증인이 거친 목소리의 주인은 프랑스인이라고 추정한 반면, 날카로운 목소리 혹은 냉혹하다고 표현한 목소리의 주인에 대해서는 의견이 크게 엇갈렸다고 대답했다. 그러자 뒤팽이 입을 열었다.

　“그것은 증언 자체이지 증언의 특이한 점은 아니야. 자네는 특이한 점을 찾지 못했군. 증언에는 정말 주의해야 할 사항이 있었네. 자네 말대로 증인들은 거친 목소리에 대해서는 모두 같은 의견을 냈어. 만장일치였지. 그렇지만 날카로운 목소리에 대해서는 특이하게도 각기 다른 의견을 냈지. 다시 말해 의견이 다르다는 점 자체가 특이한 것이 아닐세. 이탈리아, 영국, 스페인, 네덜란드, 프랑스 출신의 증인이 그 목소리에 대해 설명하면서 각자 외국인이 낸 소리라고 증언한 점이 특이하다는 거야. 이들은 그 목소리를 자기 나라 사람이 내지 않았다고 확신했어. 제각기 자기 나라 말이 아니었다고 생각한 셈이네.

　프랑스인은 스페인 사람이 날카로운 목소리를 낸 것으로 추정하고, 자신이 스페인어를 알았다면 몇몇 단어를 식별할 수 있었을 것이라고 생각하지. 네덜란드인은 프랑스인이 그 목소리를 냈다고 주장하지만, 자신은 프랑스어를 할 줄 몰라서 조사할 때 통역사가 필요했지. 독일어를 모르는 영국인은 독일인이 날카로운 소리를 냈다고 생각하네. 스페인 사람은 목소리의 주인이 영국인이라고 확신하지만, 자신은 영어를 모르기 때문에 전적으로 억양에 근거해 판단을 내렸지. 이탈리아인은 러시아인의 목소리였다고 믿지만 정작 러시아인과 대화한 경험은 없어. 게다가 또 다른 프랑스인은 첫 번째 프랑스인과 달리 목소리의 주인은 이탈리아 사람이라고 확신하지만, 이탈리아어를 모르기 때문에 스페인 사람과 마찬가지로 억양으로 판단했다고 증언하지.

이러한 증언들이 나올 정도라면 실제로 매우 기묘하고 희귀한 목소리였음이 분명하네! 유럽에서도 규모가 큰 다섯 개 나라 사람들이 모두 이 목소리의 어조가 귀에 설었던 거야! 그러면 자네는 아시아인이나 아프리카인의 목소리일 수도 있다고 말하겠지. 파리에는 아시아인이나 아프리카인이 많지 않아. 이러한 추론이 맞을 가능성도 아예 배제하지는 않을 거야. 다만 자네가 세 가지 사항에 관심을 기울여 주길 바라네. 첫 번째, 한 증인은 그 목소리를 날카롭다기보다 냉혹하다고 평했어. 두 번째, 다른 두 증인은 그 목소리가 빠르고 불안정하다고 했지. 세 번째, 단어와 비슷한 소리가 전혀 들리지 않아서 그 목소리가 하는 말을 알아들은 증인은 아무도 없었네.”

뒤팽은 이야기를 계속했다.

“지금까지 내가 한 이야기를 자네가 어떻게 받아들였는지 모르겠군. 하지만 목소리에 대한 증언을 토대로 이렇게 추론한 것은 타당하다고 주저 없이 말할 수 있네. 거친 목소리와 날카로운 목소리에 대한 증언 자체가 의혹을 낳기에 충분하네. 이 의혹만으로도 사건 수사에서 앞으로 나아갈 방향을 파악할 수 있지. 내가 한 추론을 타당하다고 표현했지만 그것만으로는 내 뜻을 다 전달할 수가 없군.

그것만이 유일하게 적합한 추론이며, 그 추론에서 필연적으로 나오는 유일한 결론이 앞서 말한 의혹일세. 하지만 그 의혹이 무엇인지는 아직 말하지 않겠네. 그 의혹이 매우 강력했기 때문에 내 현장 조사에 어떤 명확한 형식이나 특정한 지침을 제시해 주었다는 사실만 자네가 기억해 주길 바랄 뿐이야.

이제 우리가 사건이 일어난 방에 있다고 상상해 보세. 이곳에서 가장 먼저 무엇을 찾아야 할까? 살인자들이 이용한 탈출 수단을 찾아야겠지. 우리 두 사람 다 초자연적인 현상 같은 것은 믿지 않는다고 해도 과언이 아니야. 레스파네 부인과 카미유 양은 유령에게 살해당한 것이 아닐세. 범인은 분명 실체가 있는 존재지.

살인자는 물리적 실체를 지니고 있고 물리적인 방식으로 탈출했어. 그럼 어떻게 탈출했을까? 다행스럽게도 이 질문의 답을 추론하는 방법은 하나뿐이고, 이 방법을 따르면 명확한 결론에 이를 수밖에 없네.

가능한 탈출 수단을 하나씩 살펴보세. 사람들이 계단을 올라

가고 있을 때 살인자들이 카미유 양이 발견된 방이나 적어도 그 옆방에 있었다는 점은 분명해. 그러면 우리는 이 두 개의 방에 출구가 있는지 살펴보면 되네. 경찰은 온 사방의 바닥과 천장, 벽돌까지 샅샅이 조사했지. 숨겨진 출구가 있었다면 경찰의 눈을 피할 수 없었을 거야.

하지만 경찰의 눈을 믿을 수 없어서 내 눈으로 직접 살펴보았지. 내가 보아도 비밀 출구는 없었어. 복도로 이어지는 두 방의 문은 모두 열쇠가 안에 꽂힌 채 단단히 잠겨 있었지. 이제 굴뚝을 살펴보세. 굴뚝의 폭은 난로 위 2.5에서 3미터까지는 보통이었지만 그 위부터는 큰 고양이 한 마리도 지나갈 수 없을 만큼 좁았네. 이미 말한 것처럼 굴뚝으로는 탈출하는 것은 절대 불가능하니 이제 창문만 남은 셈이지. 거리에 모인 사람들에게 들키지 않고 앞방 창문으로 나가는 것은 불가능했네. 그러니 살인자들은 뒷방 창문으로 나갈 수밖에 없었던 거야. 이렇게 명확한 결론에 도달했는데 불가능해 보인다는 이유로 결론을 부정하는 것은 추론하는 사람이 취할 자세가 아니지. 이제 우리에게는 이 불가능해 보이는 일이 실제로 가능하다는 사실을 입증하는 일만 남았네.

뒷방에는 창문이 두 개 있어. 하나는 가구에 가려지지 않아서 전체가 다 보이네. 다른 창문은 커다란 침대 틀 상단과 바짝 붙어 있어서 아래쪽이 가려져 있어. 전체가 다 보이는 창문은 안에서 단단히 잠긴 채 발견되었네. 경찰이 들어 올리려고 시도했지만 아무리 애써도 열리지 않았지. 살펴보니 창틀 왼쪽에 송곳으로 뚫은 큰 구멍이 하나 있고 그 안에 아주 튼튼한 못이 거의 끝까지 박혀 있었어. 다른 창문을 조사해 보니 비슷한 종류의 못이 비슷한 방식으로 박혀 있어서 이 창문 역시 아무리 힘을 써서 들어 올리려 해도 열 수 없었다네. 그리하여 경찰은 창문으로 탈출하는 것은 불가능하다는 결론을 내리게 된 걸세. 못을 뽑아서 창문을 열 필요는 없다고 생각했던 거야.

내 조사는 경찰에 비해 다소 특이했다네. 앞서 말한 것처럼 나는 불가능해 보이는 일이 실제로는 불가능하지 않다는 것을 알고 있었기 때문이지. 그래서 나는 귀납적 추론 방식을 따랐네. 살인자들은 분명 두 창문 가운데 하나로 빠져나갔어. 창문으로 나갔다면 살인자들이 안에서 창문을 다시 잠글 수 없을 텐데 창문은 안에서 잠긴 채 발견되었어. 이를 근거로 범인들이 창문으로 나가지 않은 것이 확실하다고 생각한 경찰은 창문에 대한 수사를 중단했지.

창문은 분명 잠겨 있었네. 그렇다면 틀림없이 창문을 저절로 잠그는 장치가 있을 거야. 다른 결론은 있을 수 없지. 나는 전면이 모두 보이는 창문으로 걸어가서 힘들여 못을 뽑아내고 창문을 들어 올리려고 했네. 하지만 이미 예상했던 것처럼 아무리 힘을 줘도 안 되더군.

그때 나는 숨겨진 용수철이 있다는 것을 깨달았지. 이렇게 생각하니 못과 관련된 상황은 여전히 미스터리로 남아 있었지만 적어도 내 전제가 옳았다는 것은 확인할 수 있었네. 창문을 세심하게 살펴보니 금방 용수철을 찾을 수 있었어. 나는 용수철을 눌러 보았어. 창문을 들어 올리고 싶었지만 용수철을 발견한 것에 만족하기로 했지. 그런 다음 못을 제자리에 꽂고 꼼꼼히 살펴보았네. 살인자는 이 창문으로 나간 후 창문을 다시 닫았겠지. 그리고 용수철이 스스로 걸렸을 거야. 하지만 못은 다시 꽂아 놓을 수 없네. 그렇다면 결론은 단순해. 조사 범위가 다시 좁혀지는 거지.

살인자는 다른 창문으로 나간 것이 분명했어. 두 창문에 똑같은 용수철이 달려 있다고 가정하면, 두 창문의 못이 다르거나 적어도 각기 다른 방식으로 박힌 것이 틀림없었네. 나는 침대 틀 위에 깔린 마직물에 올라가서 침대 머리판 너머로 창문을 면밀하게 조사했어. 머리판 뒤로 손을 넣어 보니 용수철을 쉽게 찾아서 누를 수 있었지. 예상했던 대로 앞서 찾아낸 용수철과 같은 것이었어. 그래서 이제 못을 살펴보았지. 여기 있는 못 역시 옆 창문의 못처럼 튼튼했고 분명히 같은 방식으로 거의 끝까지 박혀 있었네.

자네는 내가 당황했을 것이라고 생각하겠지. 하지만 그렇게 생각한다면 자네는 귀납법의 특성을 이해하지 못하고 있는 거라네. 사냥 용어를 사용하자면 나는 한 번도 목표물을 놓친 적이 없었던 셈이야. 사냥감의 냄새를 한순간도 놓치지 않은 거지. 내 추론의 연결 고리에는 아무 결함도 없었어. 나는 궁극적인 결과로 향하는 비밀을 쫓았고, 그 비밀은 바로 못이었다네.

이 못은 모든 면에서 옆 창문에 박힌 못과 똑같아 보였지. 이는 부정할 수 없는 사실처럼 보였지만 실제로는 아무런 의미도 없었다네. 바로 이 대목에서 사건의 실마리가 풀렸거든. 나는 못이 뭔가 잘못된 것 같은 느낌이 들어 창문의 못을 만져 보았어. 그러자 못 머리와 함께 약 0.6센티미터 길이의 몸통 부분이 떨어져 나왔네. 몸통의 나머지 부분은 부러진 채 그대로 구멍 안에 박혀 있었지. 부러진 자리가 녹슬어 있는 것으로 보아 못은 오래전에 부러진 것 같았어. 망치로 못을 두드려서 아래 창틀 상단에 박을 때 부러진 것이 분명했네. 나는 못 머리를 원래 위치에 조심스럽게 꽂아 놓았네. 그러자 못은 다시 멀쩡해 보였지. 못이 부러진 틈은 가려서 보이지 않았어. 나는 용수철을 누르고 아래쪽 창문을 조심해서 살짝 들어 올렸어. 못 머리는 흔들림 없이 창문을 따라 올라갔다네. 창문을 닫자 못은 겉보기에 다시 완벽한 상태로 돌아왔지.

지금까지 살펴본 수수께끼는 모두 풀렸어. 살인자는 침대 위에 있는 창문으로 달아났네. 창문은 살인자가 탈출하면서 저절로 닫혔거나 살인자가 일부러 닫아서 용수철로 잠기게 된 거야. 경찰은 창문이 못으로 고정되어 있다고 생각해서 더 이상 조사하지 않았지만, 사실은 용수철로 고정되어 있었던 걸세.

다음으로 생각해야 할 것은 살인자가 땅으로 내려간 방법이야. 자네와 그 집 주변을 걸을 때 이를 밝힐 수 있었지. 문제의 창문에서 1.6미터 정도 떨어진 곳에 피뢰침이 있네. 하지만 이 피뢰침에서 아무리 손을 뻗어도 창문에 닿지 않으니 방에 들어가는 것은 당연히 불가능하지. 그런데 파리의 목수들이 '페라드'라고 부르는 덧문이 이 집 4층에 달려 있는 것이 눈에 띄었네. 요즘은 거의 사용하지 않는 형태의 덧문이지만, 리옹과 보르도의 오래된 저택에서는 흔히 찾아볼 수 있지.

이 덧문은 접이식이 아니라 일반적인 문처럼 판 하나로 이루어져 있네. 하지만 보통 문과 달리 아래쪽 절반이 여닫을 수 있는 격자로 되어 있어서 손으로 잡기 딱 좋지. 이 덧문의 폭은 약 1미터가 넘네. 우리가 집 위에서 보았을 때 두 창문의 덧문이 모두 반쯤 열려 있었어. 즉 덧문이 벽과 직각을 이루고 있었던 셈이지. 경찰도 나처럼 집 뒤쪽을 조사해 봤을 거야. 하지만 덧문을 활짝 열었을 때의 너비를 고려하지 않고, 자신들이 서 있는 곳에서 보이는 대로 너비를 가늠했을 것이 분명해. 어쨌거나 그들은 덧문에 대해 제대로 고려해 보지 않은 거라네. 사실 경찰은 범인이 일단 창문으로 빠져나가지 않았다는 결론을 내렸기 때문에 자연히 이쪽은 형식적으로 조사하는 데 그친 걸세.

하지만 침대 위쪽 창에 달린 덧문을 벽에 닿도록 활짝 열면 피뢰침과의 거리가 60센티미터 정도로 좁혀진다는 것을 나는 확실히 알 수 있었어. 보기 드문 운동 신경과 용기가 있다면 피뢰침에서 창문을 통해 방 안으로 뛰어드는 것도 분명히 가능했지. 덧문이 활짝 열려 있다고 가정해 보세. 피뢰침에 기어 올라간 범인은 덧문에서 75센티미터 떨어진 곳까지 접근해서 팔을 뻗어 격자 부분을 움켜잡았을 거야. 그런 다음 피뢰침을 잡았던 손을 놓고 발을 벽에 단단히 짚은 다음 대범하게 벽을 차고 올랐겠지. 그러면 열려 있던 덧문은 창문 쪽으로 움직이게 되지. 만일 사건이 일어났을 때 창문이 열려 있었다면 범인은 이런 식으로 방으로 들어갔을 걸세.

내가 매우 보기 드문 운동 신경이라고 말했다는 점을 꼭 기억해 주길 바라네. 이렇게 위험하고 어려운 행동을 하려면 뛰어난 운동 신경이 필수적이지. 나는 우선 이런 일이 성공적으로 이루어질 수 있다는 말을 하고 싶어. 그리고 더욱 강조하고 싶은 것은 아주 특별해서 거의 초자연적이라 할 만한 민첩성을 지녀야 이런 일을 해낼 수 있다는 점이라네.

자네는 법률 용어를 사용해서 '나의 주장을 입증하려면……' 이런 일에 필요한 운동 신경을 곧이곧대로 추정할 것이 아니라 실제보다 낮춰서 추정해야 한다고 말하겠지. 법적인 관행에는 이런 원리를 적용할 수 있지만 이성의 영역에는 적용할 수 없다네. 나의 궁극적인 목적은 오직 진실을 밝히는 것뿐일세. 하지만 지금의 목표는 방금 말했던 아주 뛰어난 운동 신경과 날카롭거나 냉혹하고 불안정한 목소리를 자네가 연결시켜서 생각하게 만드는 것이라네. 증인들마다 목소리의 주인이 각기 다른 나라 사람이라고 대답했으며, 무슨 말을 하는지 아무도 알아듣지 못한 그 목소리 말일세."

이 말을 듣자 뒤팽이 전달하려는 의미가 어렴풋하고 불완전하게 내 마음을 스쳐갔다. 나는 그의 말을 이해할 수 있는 능력은 없었지만 금방이라도 이해할 것만 같았다. 이는 우리가 때때로 무언가를 기억하지 못하면서도 당장이라도 기억할 것처럼 느끼는 상황에 비유할 수 있을 것이다. 뒤팽은 설명을 이어갔다.

"자네가 눈치챈 것처럼 나는 질문의 방향을 탈출 방법에서 침입 방법으로 옮겼네. 탈출과 침입은 같은 곳에서 같은 방식으로 이루어졌다는 것을 알려 주고 싶었던 거야. 이제 다시 방안으로 돌아가서 그곳의 모습을 살펴보도록 하세.

옷장 서랍에는 여전히 옷이 잔뜩 들어 있지만 뭔가 도둑맞은 상태였지. 바로 여기가 터무니없는 부분일세. 도둑맞았다는 것은 단순한 추측, 그것도 매우 어리석은 추측에 지나지 않아. 우리가 어떻게 그 서랍에서 발견된 옷가지가 원래 들어 있던 옷가지보다 적다는 것을 알 수 있겠나? 레스파네 부인과 카미유 양은 극도로 은둔하며 살아왔네. 친구도 없고 외출도 드물었으니 옷을 자주 갈아입을 필요가 없었지. 발견된 옷가지는 적어도 이렇게 은둔하며 사는 여성들이 갖고 있을 만한 것 중에서는 고급스러운 편에 속했네. 살인자가 뭔가를 훔쳤다면 왜 가장 좋은 것을 훔쳐 가지 않았을까? 아니면 아예 모두 다 가져가지 않았을까? 왜 금화 사천 프랑을 포기하고 거추장스러운 옷 뭉치를 가져갔을까?

금화는 방에 남겨져 있었네. 은행가인 미뇨 씨가 말한 금액과 거의 일치하는 액수의 금화가 가방에 담긴 채 바닥에 놓여 있었지. 그러니 부디 살인 동기라는 발상을 머릿속에서 지워 버리길 바라네. 그것은 돈이 그 집 현관까지 배달되었다는 증언을 듣고 경찰이 떠올린 엉터리 생각일 뿐이야. 모녀가 돈을 받은 후 삼 일 만에 살해당했다는 것보다 열 배는 더 주목할 만한 우연의 일치가 매 시간 모든 사람에게 일어나고 있지만 아무도 그것을 알아차리지 못하네.

일반적으로 우연의 일치는 확률 이론을 전혀 모르고 사고하는 사람들에게 엄청난 장애물로 작용하지. 인간은 확률 이론 덕분에 가장 위대한 대상을 연구해서 가장 영광스러운 성과를 올리고 있어. 이 사건에서 만약 금화가 사라졌다면 삼 일 전에 금화가 배달되었다는 사실은 우연의 일치보다 더 큰 의미를 지니겠지. 살인 동기라는 발상을 뒷받침하는 근거가 될 거야. 하지만 실제 상황에서 우리가 금화를 끔찍한 살인의 동기라고 가정한다면, 반드시 살인자는 금화도 포기하고, 살인 동기도 잊어버린 채 달아난 우유부단한 얼간이로 간주해야 한다네.

이제 내가 강조했던 사항들을 정리해 보지. 우선 살인자는 특이한 목소리와 보기 드문 민첩성을 지녔고, 놀랍게도 특별한 동기 없이 이토록 극악무도한 살인을 저질렀다는 점을 주목하면서 살인 그 자체에 대해 살펴보도록 하지.

한 여자가 누군가의 손에 목 졸려 죽은 후 굴뚝에 거꾸로 처박혔네. 일반적인 살인자는 이런 방식으로 사람을 죽이지 않아. 특히 시신을 이렇게 다루는 법은 없네. 시신이 굴뚝에 처박혀 있었다는 점을 감안하면, 자네도 이 사건에 뭔가 극도로 기괴한 면이 있다는 것을 인정할 거야. 설령 범인을 가장 흉악한 존재로 가정한다 해도, 인간 행동에 대한 우리의 일반적인 개념과 양립할 수 없는 뭔가가 존재한다고 느낄 걸세. 또한 시신을 그렇게 좁은 구멍에 처박으려면 얼마나 엄청난 힘이 필요했을지 생각해 보게. 여럿이 힘을 합치고 나서야 겨우 꽉 끼인 시신을 끌어내릴 수 있지 않았던가!

살인자의 힘이 얼마나 대단했는지 보여 주는 또 다른 단서를 살펴보세. 두껍고 긴 머리카락 뭉치가 벽난로 위에 놓여 있었네. 사람에게서 나온 아주 두꺼운 백발 뭉치였지. 머리카락들은 뿌리째 뽑힌 상태였어. 머리카락을 한 번에 이삼십 개만 뽑으려고 해도 엄청난 힘이 필요하다는 것은 알고 있을 거야. 자네도 나처럼 문제의 머리카락 뭉치를 봤지. 끔찍하게도 모근은 두피에서 떨어져 나온 살점과 뒤엉켜 있었어. 이는 범인이 단숨에 수십만 개의 머리카락을 뿌리째 뽑는 엄청난 힘을 행사했다는 명확한 증거라고 할 수 있지.

또한 레스파네 부인의 목은 단순히 잘린 것이 아니라 머리가 몸통에서 완전히 분리되어 있었네. 범행 도구는 면도칼뿐이었어. 자네가 이러한 행위에서 야수 같은 흉포함도 발견하길 바라네. 레스파네 부인의 몸에 생긴 멍에 대해서는 내 의견을 따로 말하지 않아도 될 거야. 시신을 조사한 뒤마와 그를 잘 도운 에티엔느는 둔기에 맞아서 멍이 생긴 것이라고 발표했지. 이제까지 밝혀진 바로는 아주 정확한 설명일세. 둔기는 분명 뒷마당에 깔린 돌이라네.

레스파네 부인은 침대 위에 있는 창문 밖으로 던져져서 그 위로 떨어진 거야. 이 생각은 지금 듣기에는 아주 단순하게 느껴질 거야. 하지만 경찰은 덧문의 폭을 간과한 것과 같은 이유로 이러한 생각을 떠올리지 못했어. 이들은 못의 존재 때문에 창문이 열릴 가능성은 처음부터 배제시킨 거라네. 지각 능력이 완전히 차단되어 버린 셈이지.

자네가 이 모든 사항들과 함께 이상하게 엉망이 된 방을 제대로 떠올릴 수 있다면, 우리는 놀라운 민첩성, 초인적인 힘, 야

수 같은 흉포함, 동기 없는 살인, 상상조차 할 수 없는 섬뜩한 기괴함, 여러 나라 사람들이 들어도 낯선 목소리, 불분명하고 이해할 수 없는 음절이라는 개념을 모두 결합할 수 있네. 이제 어떤 결과가 나올까? 내 설명이 자네의 상상력에 어떤 인상을 남겼을까?"

뒤팽의 질문에 나는 소름이 돋았다. 나는 입을 열었다.

"정신병자의 소행이로군. 미쳐 날뛰는 사람이 근처에 있는 정신 병원에서 탈출한 거야."

그러자 뒤팽이 대답했다.

"어떤 면에서는 자네 생각도 일리가 있어. 하지만 정신병자들이 아무리 심하게 발작을 일으켰다 해도 계단 위에서 들려온 것처럼 특이한 소리를 낸 사례는 보고된 바 없네. 이들도 자기 나라의 언어를 사용하고, 말할 때 단어의 앞뒤가 안 맞는 경우는 있지만 음절의 일관성은 유지한다네. 게다가 정신병자의 머리카락은 내가 지금 쥐고 있는 것과는 달라. 이 작은 털 뭉치는 레스파네 부인이 손에 꼭 움켜쥐고 있던 것을 풀어서 가져온 거라네. 이것을 보고 무슨 생각이 떠오르는지 말해보게."

나는 초조하게 대답했다.

"뒤팽! 이 머리카락은 정말 특이해 보이는군. 이건 사람의 것이 아니야."

"사람의 머리카락이라고 말한 적 없네. 하지만 판단을 내리기에 앞서 내가 이 종이에 그린 그림을 보게. 증언에 따라 카미유 양 목덜미에 있는 '짙은 멍과 깊이 팬 손톱자국'을 그린 거라네. 뒤마와 에티엔느는 '손가락에 눌려 생긴 것이 분명한 검푸른 반점'이라고 표현했지."

뒤팽은 탁자 위에 종이를 펼치면서 말을 이었다.

"이 그림을 보면 사건을 확실하고 분명하게 이해할 수 있을 거야. 미끄러진 손가락은 전혀 없었어. 모든 손가락은 카미유 양이 죽을 때까지 처음 그대로 그녀의 목을 꽉 움켜쥐고 있었을 거야. 이제 자네 손가락을 그림에 나온 손가락 자국에 맞춰서 올려 보게."

나는 그의 말대로 해보려 했으나 헛수고였다. 뒤팽이 말했다.

"평평한 곳에서는 성공할 수 없겠군. 그림은 평평한 탁자 표면에 펼쳐져 있지만 사람의 목은 원통형이지. 여기 사람 목둘레와 비슷한 굵기의 나무 막대가 있네. 그림을 막대에 둘러서 다시 시도해 보게."

나는 뒤팽의 말을 따랐으나 탁자 위에 놓았을 때보다 더 성공하기 어려웠다. 내가 말했다.

"이건 사람의 손자국이 아니군."

뒤팽이 대꾸했다.

"이제 프랑스 출신의 동물학자인 퀴비에가 쓴 이 글을 한번 읽어 보게."

그것은 큰 동인도제도에 사는 황갈색 오랑우탄을 해부학적으로 상세히 설명하고 개괄적으로 묘사한 글이었다. 이 짐승의 거대한 몸집과 엄청난 힘, 뛰어난 운동 신경과 야생적인 흉포함, 무언가를 모방하는 성향은 모든 사람에게 익히 알려져 있다. 나는 이 살인 사건의 전모를 단번에 파악하게 되었다.

나는 글을 다 읽은 후 입을 열었다.

"손가락에 대한 묘사가 그림과 정확히 일치하는군. 이 글에서 언급한 오랑우탄 외에는 어떤 동물도 자네가 그려 놓은 손톱자국을 낼 수 없겠어. 황갈색 털 뭉치도 퀴비에가 오랑우탄에 대해 적어 놓은 것과 동일하네. 하지만 나는 이 끔찍한 미스터리의 구체적인 사항들을 아직도 이해할 수가 없어. 게다가 증인들은 두 사람이 다투는 소리를 들었고, 그중 하나는 분명히 프랑스인이었네."

"맞는 말일세. 또한 그 프랑스인이 '하느님 맙소사!'라는 표현을 사용했다는 것도 기억하고 있을 거야. 증인들이 만장일치로 그렇게 증언했지. 제과점 주인인 몬타니가 제대로 표현한 것처럼 그때 프랑스인은 상대를 야단치거나 타이르기 위해 그런 말을 내뱉은 거라네. 따라서 나는 이 두 개의 단어가 모든 수수께끼를 풀어 줄 거라는 희망을 품게 됐어.

한 프랑스인이 살인에 대해 알고 있네. 그가 끔찍한 살인에 전혀 동참하지 않았다는 것은 있을 법한 일이 아니라 실제로 있을 수 있는 일이야. 오랑우탄은 아마 그에게서 달아났을 거야. 이 남자는 그 방까지 오랑우탄을 뒤쫓았겠지. 하지만 불안한 상황이 이어지면서 그는 오랑우탄을 잡지 못했네. 오랑우탄은 여전히 활개 치며 돌아다니고 있겠지.

그렇지만 나는 이 추측을 계속 이어 나가지는 않을 거야. 내게는 이러한 생각을 추측보다 더 명확한 용어로 부를 권리가 없다네. 이 추측의 근거가 내 능력으로 인식할 수 있을 만큼 뚜렷하지도 않고, 이 추측을 남에게 이해시키는 척할 수도 없기 때문이야. 그러니 이러한 생각을 일단 추측이라고 부르고 그것을 증명해 보도록 하세. 만일 문제의 프랑스인이 내가 가정한 것처럼 실제로 이 살인에 책임이 없다면, 그는 내가 어젯밤 귀갓길에 〈르 몽드〉 해운 관련 신문에 낸 광고를 보고 이곳으로 올 거야."

뒤팽이 내게 건넨 종이에는 다음과 같이 적혀 있었다.

포획

불로뉴숲에서 오늘 아침(살인 사건 발생 일) 일찍 아주 큰 보르네오종 황갈색 오랑우탄을 잡았음. 주인은 몰타 선박 소속 선원으로 확인됨. 자신이 주인이라는 것을 충분히 입증하고 포획과 관리에 든 약간의 비용을 지불하면 오랑우탄을 돌려주겠음. 파리 근교 생제르맹 XX 거리 XX 번지 3층으로 연락 바람.

내가 물었다.

"자네는 어떻게 오랑우탄 주인이 선원이고 몰타 선박에 속해 있다는 것을 알 수 있었나?"

뒤팽이 대답했다.

"나도 모른다네. 확실한 것은 아니거든. 하지만 여기 있는 작은 리본의 모양과 기름이 묻어 있는 상태를 보게. 누군가 선원들이 즐겨 하는 방식으로 머리를 길게 땋은 후 이 리본으로 묶은 것이 분명해. 게다가 선원이 아니면 이런 몰타섬 특유의 매듭을 지을 수가 없지.

나는 이 리본을 피뢰침 밑에서 발견했네. 죽은 두 모녀의 물건일 리는 없어. 그리고 설령 그 프랑스인이 몰타 선박 소속의 선원이라는 추론이 잘못된 것이라 해도 그렇게 광고를 내서 손해 볼 일은 없다네. 만일 내가 틀렸다면 그는 내가 뭔가 잘못 판단했다고 여길 뿐 더 자세히 알아보려 하지는 않을 거야. 하지만 만일 내가 제대로 파악한 것이라면 엄청난 이득을 얻게 되는 셈이네. 직접 살인을 저지르지는 않았지만 살인에 대해 알고 있는 그 프랑스인은 광고를 보고 오랑우탄을 돌려 달라고 해도 될지 당연히 망설일 거야. 그는 이렇게 추론하겠지.

'나는 결백해. 그리고 가난해. 내 오랑우탄은 엄청난 가치가 있어. 지금 내 상황에서는 큰 자산인 셈이지. 왜 쓸데없는 걱정 때문에 그놈을 잃어야 하지? 이건 오랑우탄을 되찾을 수 있는 기회야. 그놈은 살인 현장에서 아주 멀리 떨어진 불로뉴숲에서 발견되었지. 누가 야생 동물이 그런 짓을 저질렀다고 의심하겠어? 경찰은 아주 사소한 증거조차 입수하지 못하고 헤매는 중이야. 설사 경찰이 오랑우탄을 쫓고 있다 해도 내가 살인에 대해 알고 있다는 것을 증명하거나, 살인에 대해 알고 있으니 유죄라고 몰아갈 수는 없어. 무엇보다 내 정체가 드러났어. 광고를 낸 사람은 나를 오랑우탄의 주인으로 지목했지. 그가 나에 대해 얼마나 더 알고 있는지 모르겠군. 내가 소유한 것으로 알려진 엄청난 자산을 포기한다면 오랑우탄을 의심받게 만드는 셈이 될 거야. 나도 그렇고 오랑우탄에게도 관심이 쏠리는 것은 원치 않아. 광고에 답해서 그놈을 데려와야지. 그리고 이 소란이 가라앉을 때까지 잘 가둬 놓아야겠어.' 이렇게 말이지."

이때 계단을 올라오는 소리가 들렸다. 뒤팽이 말했다.

"권총을 준비하게. 하지만 내가 신호를 보내기 전에는 사용하거나 꺼내서는 안 되네."

현관문이 열려 있었으므로 방문자는 초인종을 누르지 않고 들어와서 계단을 몇 칸 올라왔다. 하지만 그는 문득 주저하는 듯했다. 이내 계단을 내려가는 소리가 들렸다. 그가 발길을 돌려 다시 올라오는 소리가 들리자 뒤팽은 재빨리 문으로 다가갔다. 방문자는 다시 돌아서지 않고 단호하게 뚜벅뚜벅 걸어오더니 방문을 두드렸다.

"들어오시죠."

뒤팽이 밝은 목소리로 그를 반겼다.

한 남자가 들어왔다. 한눈에 봐도 선원이라는 것을 알 수 있었다. 큰 키에 체격이 좋은 근육질 사내였으며, 저돌적인 표정을 짓고 있었지만 인상이 나쁘지는 않았다. 시커멓게 그을린 얼굴의 반 이상이 구레나룻과 콧수염으로 덮여 있었다.

커다란 떡갈나무 몽둥이를 들고 있었지만 다른 무기는 없는 것 같았다. 그는 어색하게 고개를 숙이고 프랑스어로 "안녕하십니까?"라고 인사를 건넸다. 말투를 들어 보니 프랑스 노르망디 북쪽 지방인 뇌샤텔의 억양이 섞여 있긴 했지만 파리 태생이라는 것을 충분히 알 수 있었다. 뒤팽이 말했다.

"어서 앉으시죠. 오랑우탄 때문에 오실 거라 예상했습니다. 그런 오랑우탄을 기르신다니 정말 부럽군요. 굉장한 동물이니 분명 값이 많이 나갈 겁니다. 몇 살쯤 됐나요?"

그러자 선원은 견딜 수 없는 짐을 벗어던진 사람처럼 한숨을 내쉬고 자신 있는 어조로 대답했다.

"어떻게 말씀드려야 할지 모르겠군요. 하지만 네다섯 살을 넘지는 않았을 겁니다. 오랑우탄은 여기에 있나요?"

"오, 아닙니다. 여기에는 오랑우탄을 관리할 만한 시설이 없어요. 여기에서 가까운 뒤부르 거리의 유료 마구간에 맡겨 놓았습니다. 아침이면 데려가실 수 있어요. 물론 당신이 오랑우탄 주인이라는 점을 증명하실 수 있겠지요?"

"물론입니다."

"오랑우탄과 헤어지려니 아쉽군요."

"저, 아무 보상도 해 드리지 않겠다는 뜻은 아닙니다. 그럴 수는 없지요. 그놈을 찾아 주신 것에 대해 기꺼이 감사를 표시할 의향이 있습니다. 합당한 수준에서 말입니다."

그러자 뒤팽이 대답했다.

"음, 그렇게 해 주신다면 확실히 아주 공정한 일이 되겠군요. 그럼 생각해 보지요. 무엇을 받아야 할까요? 오! 생각났습니다. 이렇게 보상해 주시면 되겠어요. 제게 모르그 거리에서 일어난 살인 사건에 대해 당신이 아는 바를 모조리 말씀해 주시죠."

뒤팽은 매우 낮은 목소리로 조용하게 '모르그 거리에서 일어난 살인 사건'이라고 말했다. 그러고는 조용히 문 앞으로 걸어가 문을 잠그고 주머니에 열쇠를 집어넣었다. 그가 권총을 꺼내 아주 침착하게 탁자 위에 올려놓았다.

선원의 얼굴은 목이 졸리는 사람처럼 벌겋게 달아올랐다. 그는 벌떡 일어나서 몽둥이를 움켜쥐었다. 하지만 다음 순간 의자에 털썩 주저앉더니 죽을 것 같은 표정을 짓고 심하게 떨었다. 그는 아무 말도 하지 않았다. 나는 진심으로 그가 가여워졌다. 뒤팽이 친절한 목소리로 말을 꺼냈다.

"이것 보십시오. 당신은 쓸데없이 불안해하고 있어요. 정말

입니다. 우리는 당신을 해치지 않을 겁니다. 신사의 명예와 프랑스인의 자부심을 걸고 당신을 해칠 생각이 없다고 맹세하지요. 저는 당신이 모르그 거리에서 일어난 끔찍한 사건에 가담하지 않았다는 것을 아주 잘 알고 있습니다.

하지만 당신이 그 사건과 어느 정도 관련이 있다는 점은 부정할 수 없어요. 이미 말씀드린 것처럼 제게는 이 사건과 관련된 정보를 입수하는 방법이 있습니다. 당신이 꿈에도 생각해본 적 없는 방법이지요.

상황은 이렇습니다. 당신은 숨겨야 할 행동을 저지르지 않았어요. 죄라고 볼 수 있는 일은 전혀 저지르지 않은 겁니다. 심지어 당신은 그때 벌을 받지 않고 도둑질할 기회가 있었지만 그렇게 하지 않았지요. 숨길 것은 전혀 없습니다. 숨길 이유도 없지요. 하지만 반대로 명예와 관련된 모든 원칙에 따라 당신이 알고 있는 바를 전부 털어놓아야 합니다. 무고한 남자가 살인혐의를 받고 감옥에 갇혀 있어요. 당신이 진짜 살인자를 지목해 줄 수 있을 겁니다."

뒤팽이 말하는 동안 선원은 상당히 침착해졌다. 하지만 처음의 대범한 태도는 모두 사라지고 없었다.

"신이시여, 도와주소서."

그는 잠시 말을 멈췄다가 다시 입을 열었다.

"이 일에 대해 제가 아는 것을 모두 말씀드리지요. 하지만 제가 하는 말의 절반도 믿을 수 없을 겁니다. 믿을 거라 기대하는 것이 어리석지요. 하지만 전 결백합니다. 제 목숨을 걸고 다 털어놓겠습니다."

그의 이야기는 다음과 같았다. 그는 최근에 동인도제도를 항해했으며 일행과 함께 보르네오섬에 내렸다. 그는 섬 구경을 나섰다가 동료 한 사람과 같이 오랑우탄을 잡게 되었다. 얼마 후 동료가 죽자 그는 오랑우탄을 독차지하게 되었다. 오랑우탄이 다루기 힘들 정도로 난폭했기 때문에 그는 프랑스로 돌아오는 동안 진땀을 흘렸다. 하지만 마침내 파리에 돌아와서 오랑우탄을 자신의 집에 안전하게 가둘 수 있었다. 그는 이웃의 불쾌한 호기심을 피하기 위해 놈을 주의 깊게 숨겨 놓았다. 놈이 항해 중에 가시에 찔려 발을 다친 상태였으므로 상처가 나을 때까지 숨겨 둘 생각이었다. 오랑우탄을 파는 것이 그의 최종 목표였다.

사건이 발생한 날 밤, 좀 더 정확히 말하면 새벽에 그가 선원들의 모임을 마치고 돌아와 보니 오랑우탄이 그의 침실을 차지하고 있었다. 갇혀 있던 벽장을 부수고 침실로 들어온 것이었다. 그놈은 비누 거품으로 범벅이 된 채 면도칼을 들고 거울 앞에 앉아 있었다. 주인이 면도하는 모습을 벽장 열쇠 구멍으로 지켜본 것이 분명했다.

포악한 짐승이 손에 위험한 무기를 들고 능숙하게 사용하는 것을 보자 그는 잠시 동안 어찌할 바를 몰랐다. 하지만 그는 오랑우탄이 사납게 날뛰는 순간에도 채찍을 이용해 놈을 진정시키는 데 익숙해져 있었다. 그래서 이번에도 채찍을 꺼내 들었다. 그러자 오랑우탄은 단숨에 펄쩍 뛰어올라 문을 통해 계단을 내려갔다. 그리고 불행하게도 마침 열려 있던 창문을 통해 거리로 빠져나가고 말았다.

그는 절망에 휩싸여 오랑우탄을 뒤쫓았다. 그놈은 손에 면도칼을 들고서 달려가다 가끔씩 뒤돌아보며 주인에게 손짓을 보냈다. 그런 다음 주인이 가까이 다가오면 다시 빠르게 달아났다. 추격은 이런 식으로 오랫동안 이어졌다.

새벽 세 시경이어서 거리는 매우 고요했다. 모르그 거리 뒤편 골목을 내려가던 오랑우탄은 레스파네 부인의 집 4층에서 비치는 어슴푸레한 빛을 발견했다. 빛은 열린 창문을 통해 흘러나오고 있었다. 그 집을 향해 달려간 오랑우탄은 피뢰침을 발견하자 상상할 수 없을 만큼 민첩하게 그것을 붙잡고 올라갔다. 그런 다음 활짝 열려 벽에 닿아 있던 덧문을 꽉 붙잡고 몸을 날려 침대 틀 상단에 착지했다. 이 엄청난 일이 벌어지는 데 채 일 분도 걸리지 않았다. 덧문은 오랑우탄이 방으로 뛰어들면서 생긴 반동으로 다시 열렸다.

선원은 그 모습을 바라보며 다행스럽기도 하고 당황스럽기도 했다. 오랑우탄이 피뢰침을 이용하지 않고 탈출할 수 있는 방법이 없었기 때문에 내려오면 가로막아서 잡겠다는 기대를 품을 수 있었던 것이다. 그러나 한편으로는 놈이 집 안에서 무슨 짓을 벌일지 몰라 두렵고 초조했다. 그는 불안한 마음에 오랑우탄을 계속 뒤쫓기로 했다.

선원인 그에게 피뢰침을 기어오르는 일은 어렵지 않았다. 하지만 4층 창문이 왼쪽 저편에 있어 손이 닿지 않았으므로 더 이상 따라갈 수 없었다. 방 안을 들여다보기 위해 더 높이 올라가는 것이 그가 할 수 있는 전부였다. 그리하여 방 안을 들여다본 그는 극도로 경악해 아래로 떨어질 뻔했다. 바로 그때 거리의 이웃들을 깨운 끔찍한 비명이 울려 퍼졌다.

레스파네 부인과 카미유 양은 잠옷을 입은 채 철제 금고를 방 한가운데 끌어다 놓고 그 안에 있는 종이를 정리하던 중이었다. 금고는 열린 상태였고 내용물은 그 옆 바닥에 놓여 있었다. 모녀는 창문을 등지고 앉아 있었던 것이 분명했다. 또한 오랑우탄이 침입하고 나서 비명이 들리기까지 시간이 걸린 것으로 보아 놈의 존재를 바로 알아차리지 못한 것 같았다. 덧문이 흔들렸지만 바람 때문이라고 생각한 모양이었다.

그가 방 안을 들여다보니 오랑우탄은 레스파네 부인의 머리를 움켜쥐고(부인의 머리는 빗질이 끝나서 풀려 있었다) 이발사가 하듯이 그녀의 얼굴 앞에서 면도칼을 이리저리 휘두르고 있었다. 카미유 양은 엎드린 채 움직이지 않았다. 이미 기절했던 것이다.

오랑우탄은 처음에는 좋은 의도로 행동한 것 같았으나 노부인이 비명을 지르며 버둥거리자(그러는 동안 머리카락 뭉치가 뽑혀 나갔다) 마음을 바꿔 분노를 터뜨렸다.

오랑우탄이 억센 팔을 한 번 휘두르자 부인의 머리는 몸에서 잘려 나가고 말았다. 피를 보자 놈의 분노는 불타오르는 광기로 변했다. 오랑우탄은 이를 갈고 눈을 번득이며 카미유 양의 몸에 올라타서 무시무시한 손으로 그녀의 목을 조르기 시작했다. 그녀의 숨이 완전히 끊길 때까지 오랑우탄은 움켜쥔 손을 풀지 않았다.

놈은 모녀를 죽인 후 이쪽저쪽을 거칠게 둘러보다가 침대 머리맡 저편에서 공포에 질린 채 굳어 있는 주인의 얼굴을 발견했다. 채찍이 무섭다는 것을 잊지 않고 있었기에 놈의 광기는 즉각 두려움으로 변했다. 자신이 벌 받을 짓을 했다는 것을 알고 끔찍한 흔적을 감추고 싶어 하는 것 같았다. 오랑우탄은 신경질적으로 불안에 떨며 방 안을 뛰어다녔다. 가구를 집어던지거나 부수고 침대를 침대 틀에서 끌어내리기도 했다. 그런 다음 카미유 양의 시신을 굴뚝에 처박고 레스파네 부인의 시신을 창밖으로 집어던져 버렸다.

오랑우탄이 엉망이 된 노부인의 시신을 들고 창가로 다가왔을 때 선원은 경악하여 피뢰침에 바짝 달라붙었다. 그런 다음 미끄러지듯 내려와서 곧장 집으로 도망치고 말았다. 그는 살인의 결과가 두려웠으며 공포에 질린 나머지 오랑우탄의 운명은 생각할 겨를도 없었던 것이다. 사람들이 계단에서 들었던 소리는 선원이 공포와 경악으로 인해 내뱉은 탄성과 오랑우탄의 괴성이 섞인 것이었다.

　여기에 덧붙일 만한 이야기는 별로 없다. 오랑우탄은 사람들이 방문을 부수기 직전에 피뢰침을 이용해 그곳을 빠져나온 것이 확실했다. 나가는 길에 창문을 닫은 것도 분명했다. 그 후 선원은 직접 오랑우탄을 잡아서 동물원에 큰돈을 받고 팔았다.
　우리가 경찰 청장의 사무실에서 뒤팽의 논평까지 약간 더해 사건의 진상을 설명하자 르 봉은 즉시 석방되었다. 경찰 청장은 뒤팽에게 아주 호의적이었지만 사건이 반전된 것과 관련해 완전히 울분을 삭이지는 못했다. 그는 누구나 자기 본분을 명심하는 것이 옳다며 빈정거렸다.
　"그냥 내버려 두게."
　그런 말에 대꾸할 필요가 없다며 뒤팽이 말했다.
　"떠들도록 놔두면 그의 마음이 편해지겠지. 나는 그의 본거지에서 승리한 것으로 만족하네. 그가 이 미스터리를 풀지 못한 것은 자기 스스로 생각하는 것과 달리 전혀 놀라운 일이 아니라네. 사실 그는 깊이 있는 사고를 하기에는 너무 교활한 인물이야. 그의 지혜는 암술만 있고 수술은 없는 식물과 같아. 로마 신화에 등장하는 도둑과 사기꾼의 여신 라베르나처럼 몸은 없고 머리만 있는 사람이라고 볼 수 있네. 아니면 잘 해 봤자 대구 같은 물고기처럼 머리와 어깨밖에 없는 셈이지. 어쨌거나 그는 좋은 사람이야. 실속 없이 번지르르하게 말하는 데 능하다는 점이 특히 마음에 들어. 이 재주 덕분에 독창적이라는 평판을 얻었지. 그는 '있는 것은 부정하고, 없는 것은 설명하는'* 능력이 있다네."

---

* 루소의 《신 엘로이즈》에서 인용했다.

도둑맞은 편지

지혜가 가장 혐오하는 것은 과도한 영리함이다.

– 세네카

18XX년 가을, 거센 바람이 부는 저녁 시간이 막 지난 후에, 친구 C, 오귀스트 뒤팽과 함께 파리 근교 생제르맹 뒤노 거리 33번지 3층에 있는 그의 비좁은 서재에서 파이프 담배를 피우며 깊은 생각에 잠겨 있었다.

우리는 적어도 한 시간 이상 완전히 침묵하고 있었다. 누가 그 모습을 보았다면 우리가 서재의 공기를 짓누르는 소용돌이 같은 담배 연기에 완전히 파묻혀 버렸다고 여겼을 것이다. 하지만 나는 초저녁에 뒤팽과 나눴던 이야기의 주제, 즉 모르그 거리 살인 사건과 마리 로제 살인 사건의 미스터리를 골똘히 생각하고 있었다. 그래서 우리와 오랫동안 알고 지낸 파리 경찰 청장 G가 문을 벌컥 열고 들어오자 신기한 우연의 일치라고 느꼈다.

뒤팽과 나는 그를 진심으로 환영했다. G는 비열하지만 재미 있는 인물이었고 몇 년 만에 만난 터라 더 반가웠던 것이다. 서 재가 어두컴컴했기 때문에 뒤팽은 램프를 밝히려 일어섰다. 하지만 G가 매우 골치 아픈 업무에 관해 우리와 상의할 일이 있으며, 좀 더 정확히 표현해 뒤팽의 의견을 구하러 왔다고 말했다. 뒤팽은 심지에 불을 붙이려다 그만두고 다시 자리에 앉았다.

"심사숙고할 일이 있다면 어두운 곳에서 생각하는 편이 더 효과적이지요."

"자네는 또 이상한 소리를 하는군."

경창 청장 G가 대꾸했다. 그는 자신이 이해하지 못하는 것은 모두 이상한 것으로 여기는 습관이 있었다. 그러니 결국 수많 은 이상한 것에 둘러싸여 살고 있는 셈이었다.

"그러게 말입니다."

뒤팽은 이렇게 답하며 G에게 파이프를 건네며 안락의자에 앉으라고 권했다. 내가 물었다.

"이번에는 어떤 어려운 일이 생긴 겁니까? 설마 또 살인 사 건은 아니겠지요?"

"오, 아닐세. 그런 일은 절대 아니야. 사실 이번 일은 아주 단순해서 우리 경찰이 충분히 해결할 수 있다고 확신하네. 그런데 워낙 이상한 일이라, 뒤팽이 자세한 이야기를 듣고 싶어 할 것 같다고 생각했다네."

뒤팽이 중얼거렸다.

"단순하고 이상한 일이라."

"아, 그렇다네. 그런데 꼭 그런 것만은 아니야. 사실 이 일이 매우 단순하면서도 이해하기 어려워서 모두 어찌할 바를 모르고 있다네."

"너무 단순해서 해결하지 못하는 것일 수도 있습니다."

뒤팽이 말했다.

"무슨 터무니없는 소리인가!"

이 말에 경찰 청장 G가 크게 웃으며 소리쳤다.

"아마 아주 단순한 미스터리겠지요."

"오, 맙소사! 그런 이야기는 들어본 적도 없네."

"지나치게 자명한 미스터리일 거라는 뜻입니다."

"하하하. 뒤팽, 이러다 자네 때문에 죽겠군! 역시 못 당한단 말이야."

G는 즐거워하며 요란하게 웃었다. 내가 다시 물었다.

"도대체 어떤 사건입니까?"

"아, 이제 이야기하겠네."

G는 이렇게 대답하고서 깊은 생각에 빠진 듯한 표정으로 담배 연기를 길게 내뿜으며 자리에 앉았다.

"간단히 설명하겠네. 하지만 우선 이 일이 극비라는 점을 명심해야 하네. 만일 이 일을 다른 사람에게 털어놓았다는 사실이 알려지면 나는 자리에서 쫓겨나게 될 거야."

내가 대답했다.

"계속 말씀하세요."

뒤이어 뒤팽이 말했다.

"내키지 않으면 그만두셔도 상관없습니다."

"자, 그럼 이야기를 시작하도록 하지. 어느 저명인사가 매우 중요한 문서를 궁전에서 도둑맞았다는 소식을 개인적으로 전해 왔네. 그 문서를 훔친 사람이 누구인지는 알고 있어. 그건 확실해. 그 사람이 문서를 가져가는 모습이 목격됐거든. 지금도 그가 문서를 갖고 있다는 사실 역시 확실하다네."

뒤팽이 물었다.

"그런 사실을 어떻게 알 수 있는 겁니까?"

"그 문서의 특성을 생각해 보면 알 수 있네. 도둑이 그 문서를 다른 사람에게 넘겼을 때, 다시 말해서 도둑이 원하는 방식에 따라 문서를 이용했을 때 당장 발생하게 될 결과가 나타나지 않고 있다는 점을 근거로 추론한 거라네."

"좀 더 명확하게 설명해 보시죠."

내가 끼어들며 말했다.

"음, 그 문서를 손에 넣으면 어떤 분야에서 엄청나게 귀한 힘을 얻게 된다는 사실 정도만 말하도록 하겠네."

G는 외교적인 수사법을 사용해 모호하게 말하는 것을 좋아했다. 뒤팽이 입을 열었다.

"나는 아직도 무슨 말씀인지 잘 모르겠군요."

"그런가? 만약 익명의 제삼자가 그 문서에 대해 알게 된다면 나에게 도움을 청한 저명인사의 명예가 위태로워질 수 있다네. 문서 도둑은 이것을 빌미로 명예와 평온을 잃을 위기에 처한 이 저명인사에게 지배력을 행사하고 있지."

내가 끼어들었다.

"그 저명인사가 도둑이 누구인지 알고 있다는 사실을 그 도둑 또한 알고 있어야 그런 지배력을 행사할 수 있지 않을까요? 누가 감히……."

"그 도둑은 D 장관일세. 그는 무슨 짓이든 할 사람이야. 떳떳한 행동만큼이나 비열한 행동도 할 수 있지. 그의 절도 수법은 대범하다 못해 기발하기까지 했네. 문제의 문서는 사실 그 저명인사가 궁전 내실에 혼자 있을 때 받은 편지일세. 그녀가 편지를 읽고 있는 도중에 다른 최고위층 인사가 갑자기 방으로 들어왔다네. 그녀는 특히 이 사람이 편지에 대해 알게 되는 것을 원치 않았어. 그래서 편지를 급히 서랍에 감추려 했지만 실패하고 말았지. 어쩔 수 없이 편지를 펼친 채로 탁자 위에 놓아야 했다네. 다행히 주소가 맨 위에 적혀 있고 내용은 보이지 않는 상태라 관심을 피할 수 있었지. 이때 D 장관이 들어온 거야. 그는 곧바로 예리하게 편지를 감지했고, 주소를 적은 사람의 필체를 알아보았어. 그리고 편지를 받은 저명인사가 당황하는 모습을 목격하고 그녀의 비밀을 짐작하게 된 것일세. D 장관은 평소처럼 빠르게 업무를 처리하고, 문제의 편지와 비슷하게 생긴 다른 편지를 한 통 적은 다음 펼쳐 놓고 읽는 시늉을 했네. 그러고 나서 그녀의 편지 옆에 나란히 자기 편지를 내려놓았지. 그 뒤로 약 십오 분간 그는 다시 공적인 업무에 대해 이야기했다네. 이야기를 마치고 방을 나서는 길에 그는 가져갈 권리가 없는 편지를 집어 들었어. 물론 그 편지의 진정한 주인은 또 다른 최고위층 인사가 바로 곁에 있었기 때문에 D 장관을 제지할 엄두도 내지 못했지. D 장관은 쓸모없는 편지만 남긴 채 서둘러 나가 버렸네."

그러자 뒤팽이 내게 말했다.

"자네가 말한 지배력의 조건을 갖춘 셈이군. 저명인사가 도둑이 누구인지 알고 있다는 사실을 도둑 또한 알고 있으니 말일세."

"그렇지. D 장관은 이런 방법으로 얻은 힘을 정치적 목표를 위해 몇 달째 매우 위험하게 휘두르고 있어. 그 저명인사는 날이 갈수록 더 간절히 편지를 되찾고 싶어 한다네. 하지만 이 일을 공개적으로 해결하는 것은 불가능하니 고심 끝에 내게 일을 맡긴 거라네."

"이 일을 청장님보다 더 현명하게 처리할 사람은 기대할 수도, 상상할 수도 없을 겁니다."

뒤팽이 짙은 담배 연기 속에서 대꾸했다.

"과찬일세. 하지만 그럴 수도 있겠지."

내가 말했다.

"말씀하신 대로 D 장관이 지금도 그 편지를 갖고 있는 것이 분명합니다. 그가 편지를 갖고 있기 때문에 힘을 얻은 것이지, 편지를 사용해서 얻은 것은 아니니까요. 편지를 사용하면 힘을 잃게 될 겁니다."

"맞는 말이야. 나도 그렇게 확신하고 일을 진행했다네. 나는 우선 장관의 집을 샅샅이 수색하도록 조치했네. 장관이 눈치채지 못하게 수색해야 한다는 것이 가장 큰 고민거리였지. 그리고 무엇보다 그가 우리 계획을 눈치채게 해서는 안 된다는 경고를 받았다네."

G가 대답했다.

"하지만 청장님은 이런 수사에 능하시지 않습니까? 파리 경찰은 전에도 이런 일을 자주 했으니까요."

내가 되물었다.

"물론이지. 그래서 나는 절망하지 않았네. D 장관의 습관도 큰 도움이 되었지. 그는 자주 외박을 하고, 하인의 수도 그리 많지 않다네. 하인들의 방은 D 장관의 방에서 멀리 떨어져 있는데다 이들 대부분이 나폴리 출신이기 때문에 술에 취하게 만들기 쉽다네. 그리고 알다시피 내게는 파리의 모든 방과 보관함을 열 수 있는 열쇠가 있지. 지난 석 달 동안 나는 거의 매일 밤 D 장관의 집을 직접 수색했네. 이 일에는 내 명예가 걸려 있어. 그리고 대단한 비밀을 하나 말하자면 어마어마한 상금도 걸려 있다네. 그래서 수색을 계속했지만 결국 D 장관이 나보다 영악하다는 사실을 인정할 수밖에 없었어. 그의 집에서 종이를 숨길 만한 장소는 모조리 구석구석 조사했지만 찾지 못했네."

G의 이야기를 듣고 내가 물었다.

"하지만 그가 분명히 편지를 갖고 있다 해도 자기 집이 아닌 다른 곳에 숨겼을지도 모를 일 아닙니까?"

그러자 뒤팽이 대답했다.

"그럴 가능성은 희박해. 지금 궁정에서 벌어지는 기이한 상황은 D 장관이 연루된 것이기 때문에 알려진 음모를 고려하면 편지를 바로 이용할 수 있도록 준비해 두었을 것이네. 상황에 따라 편지를 즉시 사용할 수 있다는 점은 편지를 보관하는 일 못지않게 중요하지."

나는 그에게 되물었다.

"편지를 꺼내기 쉬워야 한다는 것이 무슨 뜻인가?"

"언제든지 쉽게 편지를 없애 버릴 수 있어야 한다는 뜻일세."

"그렇군. 편지는 분명히 그의 집에 있을 거야. D 장관이 편지를 갖고 다닐 가능성에 대해서는 생각할 필요가 없을 것 같군."

그러자 G가 대답했다.

"자네 말이 맞아. 이미 두 번이나 노상강도가 하듯 그를 불러 세워 놓고 내 손으로 직접 그의 몸을 뒤져 보았다네."

뒤팽이 말했다.

"그렇게 소란을 떨 필요는 없었을 겁니다. D 장관이 아주 모자란 사람은 아니거든요. 바보가 아닌 이상 당연히 몸수색을 당할 것이라고 예상했겠지요."

G가 대꾸했다.

"아주 바보는 아니지. 하지만 그는 시인이야. 나는 시인이 바보나 다름없다고 생각하거든."

뒤팽은 생각에 잠긴 얼굴로 담배 연기를 길게 내뿜고 나서 말했다.

"그럴 겁니다. 저도 조잡한 시를 쓰긴 하지만 말입니다."

나는 G에게 요청했다.

"어떻게 그의 집을 수색했는지 자세히 설명해 주십시오."

"음, 우리는 서두르지 않고 차근차근 사방을 수색했어. 나는 이런 수사에 오랜 경험을 가지고 있으니까. 일주일 내내 밤마다 온 집 안의 방을 하나씩 조사했지. 처음에는 각 방의 가구를 모두 열어 보았네. 서랍으로 쓸 수 있는 것은 죄다 열어 보았지. 자네들도 알겠지만 제대로 훈련받은 경찰이라면 비밀 서랍을 찾아낼 수 있다네. 이렇게 철저히 수색하면서 비밀 서랍을 놓친다면 멍청이라고 볼 수밖에 없어. 보관함이 있으려면 어느 정도의 공간이 필요하기 때문에 찾기가 아주 쉽거든. 우리는 명확한 규정을 따르고 세밀한 자를 가지고 있기 때문에 아주 작은 틈도 놓치지 않았지. 보관함을 조사한 다음에는 의자를 수색했어. 그리고 자네들도 본 적이 있겠지만 가늘고 긴 바늘을 쿠션에 쑤셔 넣어서 수색했다네. 그리고 탁자는 상판을 떼어 내고 조사했지."

"상판은 왜 뜯었나요?"

"탁자나 그와 비슷한 형태의 가구에서 상판을 떼어 내고 물건을 숨기거나, 가구 다리에 구멍을 내서 물건을 그 안에 넣고 감쪽같이 뚜껑을 덮어 다시 제자리에 놓는 사람도 있거든. 침대 기둥과 밑바닥, 꼭대기에도 같은 방법으로 물건을 숨길 수 있다네."

내가 물었다.

"하지만 가구를 두드려서 소리를 들어 보면 구멍이 있다는 것을 알 수 있지 않습니까?"

"물건을 숨길 때 구멍에 솜을 넉넉히 채워 넣으면 절대 소리로는 알 수 없어. 게다가 이번 수색은 소리를 내지 않고 진행해야 했다네."

"하지만 청장님이 말씀하신 방식대로 물건을 숨길 수 있는 모든 가구를 일일이 분해하는 것은 불가능합니다. 편지를 가느다랗게 돌돌 말아서 압축시키면 겉보기에 큰 뜨개바늘과 별 차이가 없으니까요. 그런 모양으로 만들면 의자 가로대에 끼워 넣을 수도 있습니다. 그 집의 모든 의자를 분해하신 것은 아니겠지요?"

"물론 아니라네. 그보다 더 좋은 방법을 사용했지. 우리는 성능이 가장 뛰어난 확대경을 이용해 모든 의자의 가로대와 온갖 가구의 이음새까지 싹 조사했어. 최근에 손을 댄 흔적이 조금이라도 있다면 즉시 알아챌 수 있었을 거야. 예를 들어 나무 부스러기 하나라도 사과처럼 뚜렷하게 보였을 걸세. 접착 상태가 고르지 않거나 이음새가 이상하게 갈라진 가구가 있었다면 찾아내고도 남았겠지."

"거울 유리와 판 사이는 물론이고, 이부자리와 커튼, 카펫도 샅샅이 수색하셨겠지요?"

"당연하지. 이런 식으로 모든 가구를 일일이 수색한 다음 집 자체도 조사했네. 집 전체를 일정한 넓이로 나누고 번호를 매겨 놓치는 부분이 없도록 했지. 그런 다음 1제곱인치 단위로 나눈 모든 구획을 하나씩 빈틈없이 조사했어. D 장관의 집 바로 옆에 있는 다른 집 두 채까지 확대경을 사용해서 수색했다네."

내가 큰 소리로 말했다.

"옆에 있는 집까지! 정말 고생하셨군요!"

"힘들었지. 하지만 어마어마한 보상금이 걸려 있다네!"

"그 집의 뜰도 조사하신 겁니까?"

"뜰 바닥이 모두 돌로 포장되어 있었어. 그래서 상대적으로 쉽게 조사했다네. 돌 사이에 낀 이끼를 조사해 보니 파헤친 흔적은 없었어."

"서류도 조사하셨을 테고 서재도 당연히 조사하셨겠지요?"

"물론이네. 포장된 물건이나 꾸러미는 모두 열어 보았어. 책도 한 권씩 펼쳐 봤을 뿐만 아니라 한 장씩 넘겨 가면서 조사했네. 책을 집어서 대충 흔들어 보고 마는 경찰도 있지만 그렇게 하지 않았네. 책 표지 두께도 가장 정확한 측량기로 일일이 측정해 보고 확대경으로 꼼꼼하게 살펴보았다네. 최근에 다시 제본한 책이 있다면 찾지 못했을 리가 없어. 이제 막 제본한 책이 대여섯 권 있어서 조심스럽게 바늘을 세로로 찔러 넣어 조사해 보았지."

"카펫으로 덮어놓은 바닥도 살펴보신 겁니까?"

"당연하지. 카펫을 모두 걷어 내고 확대경으로 판자를 조사했다네."

"벽지도요?"

"그럼."

"지하실도 보셨겠지요?"

"그렇다네."

내가 말했다.

"그러면 청장님이 잘못 판단하신 것 같군요. 예상과 달리 그 집에는 편지가 없는 모양입니다."

"자네 말이 맞는 것 같아 걱정일세. 그럼 뒤팽, 내가 어떻게 해야 할지 충고해 주겠나?"

"그 집을 다시 샅샅이 수색해 보시죠."

"소용없는 일이야. 편지가 그 집에 없다는 것은 내가 숨 쉬고 있는 것만큼이나 확실하다네."

뒤팽이 대답했다.

"이보다 좋은 충고를 해드릴 수가 없군요. 물론 그 편지가 어떻게 생겼는지 정확히 알고 계시겠죠?"

"그렇고말고!"

G는 중요한 사항을 기록해 놓은 수첩을 꺼내 그 편지의 내부는 어떻게 생겼으며, 특히 외부는 어떤 형태인지 적어 놓은 것을 큰 소리로 읽어 내려갔다. 메모를 다 읽자 그는 자리를 떠났다. 나는 G가 그렇게 침울해하는 모습을 본 적이 없었다. 그리고 한 달 정도 지난 후, 우리가 지난번처럼 담배를 피우며 생각에 잠겨 있을 때 G가 다시 찾아왔다. 그는 파이프를 받아 들고

의자에 앉아 일상적인 대화를 시작했다. 그래서 결국 내가 물었다.

"그런데 도둑맞은 편지는 어떻게 되었습니까? D 장관보다 한 수 앞서 나갈 방법은 없다는 결론에 도달한 건가요?"

"그 빌어먹을 놈! 자네 말이 맞아. 그래도 뒤팽의 제안대로 그 집을 다시 조사해 보긴 했어. 하지만 내가 생각했던 것처럼 헛수고일 뿐이었지."

뒤팽이 물었다

"상금이 얼마라고 하셨죠?"

"밝힐 수는 없지만 엄청난 액수라네. 그 편지를 찾게 해 주는 사람이 있다면 개인적으로 오만 프랑의 수표를 써 줄 용의가 있다는 말을 하고 싶군. 사실 편지를 되찾는 것은 점점 더 중요한 일이 되어 가고 있다네. 최근에는 상금이 두 배로 올랐어. 하지만 세 배로 뛰어오른다 해도 나는 지금까지 했던 것보다 더 잘해낼 능력이 없네."

"아, 그렇군요."

뒤팽이 담배 연기를 내뿜으며 느릿느릿 말했다.

"제 생각에는 청장님이 이번 일에 최선을 다한 것 같지 않습니다. 이번 사건에 조금 더 노력해야 한다는 뜻이죠."

"어떻게? 어떤 방법으로 말인가?"

"조언을 구해야 한다는 뜻이죠. 영국의 외과 의사 애버네시에 대한 이야기를 기억하시나요?"

"아니. 그런 인간에 대해 알게 뭔가!"

"맞습니다. 그렇게 말씀하실 만하죠. 예전에 어떤 돈 많은 구두쇠가 애버네시에게 공짜로 진료를 받으려 한 적이 있었답니다. 그래서 그를 찾아가 일상적인 대화를 하다가 자신의 증세를 다른 사람의 증세인 것처럼 꾸며 은근슬쩍 물어보았죠. '그의 증세는 이러이러한 것 같습니다. 선생님이라면 그에게 어떤 약을 쓰라고 하시겠습니까?' 그러자 애버네시는 '당연히 의사를 만나서 진료를 받으라고 말해 줄 겁니다'라고 대답했다고 합니다."

이 이야기를 들은 G가 당혹스러운 얼굴로 말했다.

"그렇지만 말이야, 나는 기꺼이 조언을 받아들이고 보상도 할 거라네. 누구든 이 문제를 해결하도록 도와준다면 정말로 오만 프랑을 줄 생각이야."

"그렇다면."

뒤팽이 서랍을 열고 수표책을 보여 주며 대답했다.

"지금 제게 수표를 써 주시는 편이 좋겠군요. 청장님이 수표에 서명하시면 그 편지를 드리도록 하죠."

나는 어안이 벙벙해졌다. G는 정말 벼락이라도 맞은 것처럼 보였다. 그는 몇 분 동안 부동자세로 아무 말도 없이 뒤팽에게 의심의 눈초리를 던졌다. 그의 입은 떡 벌어져 있었고 휘둥그레 뜬 눈은 튀어나올 것 같았다. 얼마 후 정신을 차린 G는 펜을 들고 수표 종이에 액수를 적다가 멈추기를 여러 번 반복했다. G는 결국 일정 금액을 적고 서명을 마친 수표를 탁자 건너편에 있는 뒤팽에게 건네주었다.

뒤팽은 수표를 꼼꼼히 확인한 다음 자기 지갑에 넣었다. 그러고 나서 책상 서랍을 열어 편지를 꺼내 G에게 건넸다. G는 극도로 흥분하여 편지를 움켜쥐고 떨리는 손으로 펼쳐 보았다. 그리고 재빨리 내용을 훑어보더니 허둥지둥 인사도 하지 않고 떠나 버렸다. 뒤팽이 수표를 달라고 말한 이후로 단 한마디도 하지 않고 가버린 셈이다.

그가 떠난 후 뒤팽은 내게 어찌된 일인지 설명해 주었다.

"파리 경찰은 나름대로 꽤 유능하게 일하지. 그들은 인내심이 강하고, 기발하고, 정교한 데다 임무를 완수하기 위해 필요한 지식도 모두 갖추었지. 그래서 G가 우리에게 D의 집을 수색한 방식에 대해 자세히 설명해 주었을 때, 나는 그가 전력을 기울여 수색했다고 확신했다네."

"전력을 기울여 수색했다고?"

"그렇다네. 경찰은 나름대로 최선의 방식을 택해서 아주 완벽한 수사를 수행했던 셈이지. 편지가 그들의 수색망 안에 있었다면 분명히 찾아냈을 거야."

나는 그 말을 듣고 웃음이 나왔지만 뒤팽은 아주 진지하게 이야기하는 듯했다. 그가 말을 이었다.

"경찰은 자신들이 보기에 가장 좋은 방식을 택해서 실행했네. 하지만 그 방식이 이 사건과 D 장관에게 적합하지 않아서 실패한 거야. G는 매우 기발한 전략을 세워서 프로크루스테스*의 침대처럼 사용한 거라네. 자기 계획을 억지로 전략에 맞추었던 거야. 하지만 그는 문제를 너무 깊이 파고들거나 매우 피상적으로 대하는 실수를 끊임없이 저지르고 있어.

심지어 아이들이 G보다 뛰어난 추론 능력을 발휘할 때가 많아. 홀짝 알아맞히기 놀이를 기가 막히게 잘하는 여덟 살짜리 꼬마가 있었어. 이 놀이는 구슬만 있으면 쉽게 할 수 있는 것으로 한 아이가 손에 구슬을 쥐고 홀수인지 짝수인지 문제를 내면 다른 아이가 알아맞히는 방식이라네. 문제를 푸는 아이가 답을 맞히면 구슬을 하나 따게 되고, 틀리면 구슬을 하나 빼앗기게 되지. 내가 말한 꼬마는 자기 학교 아이들의 구슬을 모조리 땄다네. 물론 이 꼬마는 어떤 원칙에 따라 추론을 했지. 이 원칙은 순전히 상대방의 판단력이 얼마나 뛰어난지 관찰하고 측정하는 것이었어.

예를 들어 보겠네. 머리가 썩 좋지 않은 아이가 손에 구슬을 쥐고서 홀수인지 짝수인지 물었을 때, 이 꼬마는 홀수라고 대

---

* 그리스 신화에 등장하는 인물로 지나가는 사람을 집에 데려와 침대에 눕히고 그에 맞춰 몸을 늘이거나 잘라서 살해했다.

답하고 지고 말아. 하지만 두 번째 판에서는 이기게 되네. '저 멍청이가 첫 판에서 구슬을 짝수로 쥐고 있었지. 저 애의 판단력을 고려하면 다음 판에는 홀수를 택할 확률이 높아. 그러니까 이번에는 홀수라고 대답하면 되겠어.' 꼬마는 이런 과정으로 홀수라고 추론해서 이기게 되는 걸세.

예를 하나 더 들어 보지. 먼저 상대한 아이보다 한 수 위이긴 하지만 그리 똑똑하지 않은 아이와 맞붙게 되었다고 가정해 보게. 꼬마는 이렇게 생각할 거야. '내가 첫 판에서 홀수라고 답하고 틀리면, 저 애는 먼저 상대한 애처럼 그냥 홀짝을 교대로 내려 할 테니 다음 판에서 홀수를 택할 거야. 하지만 이때 홀짝을 번갈아 택하는 것은 너무 단순하다는 생각을 하게 되어 결국 첫 번째 판처럼 짝수를 택하겠지.' 그리하여 꼬마는 짝수라고 대답해서 두 번째 판에서 이기게 된다네. 학교 친구들은 행운으로 치부해 버리는 이 추론 방식을 끝까지 분석해 보면 어떤 결과가 나올까?"

"그 꼬마는 상대의 지적 능력과 자신의 지적 능력을 동일시한 것이라고 여겨지네."

"맞았어. 나는 그 꼬마에게 상대의 생각을 알아맞히는 비결이 무엇인지 물어보았네. 그러자 꼬마는 이렇게 대답했어. '저는 다른 사람이 똑똑한지 아니면 어리석은지, 착한지 아니면 악한지 알고 싶거나 무슨 생각을 하고 있는지 궁금할 때면 그 사람의 표정을 최대한 정확하게 따라해 봐요. 그런 다음 그 표정에 어울리는 생각이나 감정이 제 마음에서 일어나는지 알아보지요.' 이 꼬마의 대답이야말로 라 로슈푸코와 라 브뤼에르, 마키아벨리와 캄파넬라가 내세웠던 겉만 번지르르한 철학의 근본을 형성한다고 볼 수 있다네."

"그러니까 상대와 자신의 지적 능력을 동일시하려면 먼저 상대의 지적 능력부터 정확히 파악해야 한다는 뜻이로군. 내가 제대로 이해한 거라면 말일세."

"실질적으로 그렇다고 볼 수 있겠지. 그런데 G와 그의 부하들은 우선 이러한 동일시에 실패할 때가 많아. 또한 자신들이 상대하는 사람의 지적 능력을 잘못 측정하거나 아예 측정하지 않고 있네. 파리 경찰은 자신들의 아이디어만 기발하다고 여기지. 그래서 숨겨진 물건을 찾을 때에도 자신들이 생각하는 방법에만 주의를 기울이는 거야.

경찰의 기발함이 일반적인 수준의 기발함을 대표하고 있는 것은 분명해. 하지만 범인들은 경찰과 다른 차원에서 훨씬 더 교활하기 때문에 잡기 어려울 수밖에 없지. 이런 상황은 범인이 경찰보다 더 노련할 때도 벌어지지만 일반적으로는 경찰이 범인보다 더 노련할 때 벌어진다네.

경찰의 수사 원칙에는 변화가 없었어. 변화라고 해 봤자 보기 드문 위급 상황이 닥치거나 아주 큰 보상이 걸려 있을 때 오랜 수사 방식을 확대하거나 부풀리는 정도지. 원칙 자체를 바꾸는 일은 없어.

예를 들어 이번 사건에서 경찰이 행동 원칙을 바꾸기 위해 한 일이 무엇인가? 구태의연한 방식에 따라 이것저것 살피고, 여기저기 두드리고, 확대경으로 자세히 들여다보고, 건물 표면을 정해진 단위 면적으로 분할해서 조사했을 뿐이네. 이는 기존의 수색 원칙을 과장해서 적용한 것에 지나지 않아. 그리고 이 원칙의 밑바탕에는 기발함에 대한 G의 오랜 고정관념이 깔려 있지. 자네도 알겠지만 G는 모든 사람이 다 의자에 뚫린 작은 구멍에 편지를 숨기지는 않더라도, 동일한 맥락에서 최소한 어느 정도 외진 곳에 있는 구멍이나 모서리에 편지를 숨기는 것이 당연하다고 여기고 있네.

이처럼 공들여 택한 비밀 장소는 오직 평범한 사람들이 평범하게 사용할 뿐이라는 것을 자네는 알고 있겠지. 일반적으로 물건을 숨기는 일이 발생하면 공들여 숨겼을 것이라고 가정할 수 있고 그렇게 판단하게 마련이야. 그러니 명민한 사람이 아니라 주의 깊고 끈질기고 결단력 있는 사람이 물건을 찾는 데 성공하는 걸세.

중요한 사건이나 보상이 엄청난 사건을 이런 식으로 수사해서 실패했다는 이야기는 들어 본 적이 없네. 이제 내가 아까 무슨 말을 한 건지 이해할 수 있을 거야. 도둑맞은 편지가 G의 수사 범위 안에 있었다면, 다시 말해 그 편지를 숨길 때 사용된 원칙이 G의 수색 기준 안에 있었다면 G는 의심할 여지없이 편지를 찾아냈을 거야.

하지만 G는 완전히 혼란에 빠져 버렸지. D 장관이 시인으로 유명한 만큼 어리석은 사람일 거라 추측한 것도 실패의 원인이라 할 수 있어. G는 모든 시인은 바보라고 생각하기 때문에 논리적 오류를 범하게 된 거야."

"D 장관이 정말 시인인가? 그에게 문인으로 유명한 두 형제가 있다는 것은 나도 알고 있어. 하지만 D 장관은 미분학에 대한 학문적인 글을 쓴 것으로 알고 있다네. 그는 수학자이지 시인은 아닐 거야."

"자네가 잘못 알고 있군. 나는 그에 대해 잘 알아. 그는 수학자이면서 시인일세. 그래서 추론 능력이 뛰어나다고 할 수 있지. 단지 수학자였다면 형편없는 추론 능력으로 G의 함정에 걸려 편지를 빼앗기고 말았을 거야."

"놀라운걸. 자네는 온 세상 사람과 반대로 생각하고 있군. 설마 수세기에 걸쳐 인정받고 있는 수학적 추리법을 무시하려는 것은 아니겠지? 수학적 추론은 오랫동안 탁월한 추론으로 인정받고 있네."

그러자 뒤팽은 프랑스 작가 샹포르의 작품을 인용하며 말을 이었다.

"'모든 대중적 관념과 인정받는 관습은 대부분의 사람들에게 적합하기 때문에 어리석다'는 말이 있지. 수학자들이 자네가 방금 말한 유명한 오류를 널리 퍼뜨리기 위해 최선을 다하고 있다는 사실은 인정하네. 하지만 아무리 진리로 위장한다 하더라도 오류는 오류일 뿐이야. 예를 들어보세. 수학자들은 더 나은 일에 쓸 수 있는 능력을 이용해 '분석'이라는 용어를 대수학에 은근슬쩍 적용했네. 이러한 기만을 가장 먼저 저지른 것은 프랑스 수학자들이었어. 하지만 만일 용어라는 것이 중요하다면, 즉 단어를 응용해서 어떤 가치를 끌어냈다면 라틴어의 'ambitus(순환)'이 파생어인 영어 'ambition(야망)'과 의미가 다르고, 'religio(의무)'가 'religion(종교)'과 다르고, 'homines honesti(유명한 사람들)'가 'a set of honorablemen(고결한 사람들)'과 다른 것처럼 '분석'도 '대수학'과는 의미가 다르다고 할 수 있지."

　"파리의 대수학자들과 논쟁이라도 벌일 기세로군. 좋아, 계속 설명해 주게나."

　"나는 관념적인 논리가 아닌 다른 특수한 형태의 추론은 가치나 효용성이 없다고 생각하네. 특히 수학적 연구를 통한 추론에 이의를 제기하는 바일세. 수학은 형태와 양을 다루는 학문이지. 따라서 수학적 추론이란 그저 논리를 적용해서 형태와 양을 관찰하는 것에 불과하네. 심지어 순수 대수학이라 불리는 학문에서 찾아낸 진리마저 추상적이고 일반적인 진리로 간주하는 경우가 있는데 이는 가장 큰 오류라고 할 수 있어. 이러한 오류는 매우 널리 퍼져 있어서 당황스럽게도 보편적 진리로 받아들이고 있다네.

수학적 공리는 일반적인 진리가 아니야. 형태나 양과 관련해서 참인 것을 도덕적으로도 참이라고 잘못 생각하는 경우가 많다네. 예를 들어 도덕률에서는 부분의 합이 전체와 같다는 수학적 공리가 들어맞는 일은 거의 없어. 화학에서도 마찬가지야. 동기에 대해 생각할 때도 상황은 같다네. 각기 정해진 가치를 지닌 두 가지 동기를 결합시킨다고 해서 제각기 떨어져 있는 두 가지 가치의 합과 필연적으로 같다고 볼 수는 없거든.

형태와 양의 관계 안에서만 성립하는 수학적 진리는 그 밖에도 엄청나게 많아. 수학자에게는 자신의 유한한 진리를 일반적으로 응용할 수 있다고 강하게 주장하는 습관이 있어. 세상 사람들 역시 이러한 주장을 사실이라고 착각하고 있지. 18세기 영국의 신화 학자 브라이언트는 매우 학술적인 저서 《신화론》에서 이와 비슷한 오류의 원천에 대해 언급한 바 있다네. '우리는 이교도의 우화를 믿지 않으면서도, 그 사실을 끊임없이 망각하고, 그 우화를 현존하는 실재로 간주하여 추론의 근거로 삼는다'라고 말했지.

그런데 대수학자들은 그들 자신이 이교도이기 때문에 우화를 믿고 이를 바탕으로 추론한다네. 이 추론은 망각 때문에 일어나는 것이 아니라 설명할 수 없는 두뇌의 혼란으로 일어나게 되지. 간단히 말해서 나는 지금까지 등근을 구하는 것 외에도 믿을 수 있는 수학자라든가, $+px$는 절대적으로 그리고 무조건 q와 같다는 신념을 남몰래 고수하지 않는 수학자를 만나 본 적이 없어.

자네가 괜찮다면 실험 삼아 이런 수학자들 중 한 사람을 만나 $+px=q$가 아닐 때도 있을 것이라고 말해 보게. 그리고 자네 말이 무슨 뜻인지 설명해 준 다음 가능한 빨리 도망쳐야 하네. 자네 말을 들은 수학자는 분명 자네를 때려눕히려 들 테니 말일세."

내가 그의 마지막 말을 듣고 대답 없이 웃기만 하자 뒤팽이 다시 입을 열었다.

"다시 말해 D 장관이 수학자에 지나지 않았다면 G는 내게 이 수표를 줄 필요가 없었을 거야. 하지만 나는 D 장관이 수학자이자 시인이라는 사실을 알고 있었기에 수색 방식을 그의 능력에 맞춰서 조정했다네. 그가 처한 상황도 함께 고려했지. 또한 그가 아첨을 잘하고 대범한 음모를 꾸미는 데 능하다는 것도 알고 있었어. 이런 사람은 경찰의 일반적인 수사 방식을 알아차릴 것이 분명했어. 그의 예측은 빗나갈 가능성이 없었고, 실제로 불시에 몸수색을 당하면서 그 예측이 옳다는 것이 입증되었지. 그는 자기 집을 경찰이 비밀리에 수색하리라는 것도 분명히 예상했을 거라네.

G는 D 장관이 밤에 자주 집을 비워서 수색에 도움이 된다고 좋아했지만, 나는 그것이 계략에 불과하다고 생각했어. 그는 경찰에게 집을 샅샅이 수색할 기회를 줌으로써 그곳에 편지가 없다는 확신을 최대한 빨리 심어 주려 했던 거야. 실제로 G는 그 집에 편지가 없다는 결론을 내리게 되었지.

또한 내가 자네에게 공들여 설명한 것과 같은 판에 박힌 수사 원칙을 D 장관 역시 떠올렸을 것이라고 느꼈네. 이 모든 생각이 그의 머릿속을 스쳐 갔을 테니 일반적인 방식으로 물건을 숨길 생각은 버렸을 거야.

그는 자기 집에서 가장 복잡하고 외진 벽장이라 해도 경찰청장 앞에서는 가장 잘 보이는 벽장으로 노출된 것이나 다름없다는 점을 모를 만큼 아둔하지 않아. G는 그런 곳도 찾아내서 송곳과 확대경으로 샅샅이 수색할 것이 분명했지.

결국 나는 D 장관이 어수룩한 방법에 끌리거나, 심사숙고 끝에 단순한 방법을 선택할 것이라고 생각했네. G에게 이 사건에 대해 처음 들었을 때, 내가 이 미스터리는 지나치게 명백해서 오히려 풀기 힘든 것일지도 모른다고 했더니 G가 미친 듯이 웃어 댔던 것을 기억하고 있겠지?"

"물론일세. G가 얼마나 요란스럽게 웃었는지 잘 기억하고 있지. 그가 경기를 일으킬 것 같다는 생각까지 들었거든.”

“물질의 세계와 비물질의 세계는 매우 비슷한 점이 많다네. 따라서 은유나 직유가 글을 수식할 뿐만 아니라, 그 안에 담긴 논거를 강화하기도 한다는 수사학적 견해는 어느 정도 타당하다고 할 수 있겠지.

예를 들어 관성의 원리는 물리학과 형이상학에서 모두 같은 의미로 쓰이는 것으로 보이네. 물리학에서 큰 물체는 작은 물체보다 움직이기 어렵지만 일단 움직이게 되면 그만큼 운동량이 커지지. 이것은 분명한 진리야. 형이상학에서도 마찬가지일세. 지적 능력이 우수한 사람은 열등한 사람에 비해 강렬하고 꾸준하고 중요한 행위를 하지만, 처음 활동을 시작할 때에는 열등한 사람에 비해 선뜻 움직이지 못하고 당황하며 망설이기 마련이네. 예를 하나 더 들어 보지. 길거리의 가게 문 위에 걸린 간판 중에서 어떤 것이 가장 눈에 띄는지 생각해 본 적이 있는가?”

“아니, 한 번도 없다네.”

내 대답을 듣고 뒤팽은 다시 설명을 이어 나갔다.

“지도를 펼쳐 놓고 하는 퍼즐 게임이 있어. 한 사람이 복잡하게 그려진 지도에서 도시와 강, 국가와 제국의 이름을 골라서 말하면 상대방이 지도에서 그 이름을 찾아내는 방식이지. 초보자는 보통 가장 작게 찍혀 있는 이름을 찾아서 문제로 내려고 하네. 하지만 고수는 지도의 한쪽 끝에서 반대편 끝까지에 걸쳐 크게 찍혀 있는 이름을 문제로 내지. 이와 마찬가지로 거리의 큰 간판이나 현수막은 지나치게 명백하기 때문에 오히려 주목받기 어렵다네.

물리적 오류는 영리한 사람이 아주 명백하고 확실한 사항을 눈치채지 못하고 지나쳐 버리는 정신적 오류와 꼭 들어맞는 셈이야. 그런데 이번 사건에는 G가 이해하기에는 어렵거나 쉬운 문제가 존재하고 있네. D 장관이 세상 사람들이 다 볼 수 있는 곳에 편지를 보관해서 결국 누구도 알아채지 못하게 했다는 사실을 G는 꿈에도 생각지 못한 거야.

하지만 나는 D 장관의 대담하고 과감하고 남다른 독창성에 대해 생각할수록, 그가 편지를 제대로 활용하려 한다면 분명 자기 주변에 숨겼을 것이라는 결론에 이르게 되었네. 또한 G가 밝혀낸 결정적인 증거에 따르면 편지는 경찰의 일반적인 수색 범위 안에는 없었어. 따라서 나는 D 장관이 애초에 편지를 숨기지 않는 종합적이고 현명한 방식을 택했다고 확신하게 되었지.

이러한 생각에 푹 빠져 있던 나는 어느 화창한 아침에 D 장관의 집을 방문하게 되었다네. 그는 늘 그렇듯이 하품을 하고 빈둥대며 극도로 따분한 척하고 있었지. 하지만 그는 사실 세상에서 가장 열정적인 사람일 거야. 아무도 보지 않을 때만 자기 본모습을 드러내는 거지.

나도 그가 하듯이 본모습을 감추기 위해 눈이 안 좋아서 안경을 써야 한다고 불평을 늘어놓았다네. 겉으로는 D 장관과 열심히 대화를 나누는 척했지만 실은 안경으로 시선을 숨기고 방 안을 신중하고 철저하게 살펴보았지. 나는 그가 앉은 자리 가까이에 있는 커다란 책상에 주의를 기울였네. 책상 위에는 잡다한 편지들과 온갖 서류, 악기 두어 개와 몇 권의 책이 너저분하게 놓여 있었어. 오랫동안 신중하게 살펴봤지만 딱히 의심이 가는 물건은 없었지.

그렇게 방 안을 둘러보다가 마침내 벽난로 선반 아래쪽 놋쇠 손잡이에 지저분한 푸른색 끈으로 매달아 놓은 허름한 편지꽂이를 발견했네. 서너 칸으로 나눠져 있는 이 편지꽂이에는 명함 대여섯 장과 편지 한 통이 꽂혀 있었네. 편지는 아주 지저분했고 심하게 구겨져 있었어. 게다가 중간은 거의 반으로 찢어져 있었지. 마치 처음 봤을 때는 필요 없는 편지라고 생각해서 찢다가 도중에 마음을 바꿔서 그냥 놓아두기로 한 것처럼 말일세. 편지에는 장관 이름의 머리글자인 D가 새겨진 큼직한 검은색 인장이 눈에 띄게 찍혀 있었어. 그리고 여성이 쓴 것처럼 아주 작은 글씨로 'D 씨에게'라고 적혀 있었지. 편지는 아무렇게나 처박혀 있었고 심지어 편지꽂이 맨 위에 꽂혀 있어서 발신인을 멸시하는 것 같은 느낌을 주었네.

나는 이 편지를 보는 순간 내가 찾던 그 편지라는 결론을 내렸지. 편지의 외양은 G가 지난번에 알려 준 것과 전혀 달랐지만 말이야. 이 편지의 인장은 크고 검은색이며 D자가 새겨져 있었지만, G는 그 편지의 인장이 작고 붉은색이며 공작 가문의 상징인 S자가 새겨져 있다고 했거든. 또한 이 편지에는 작고 여성스러운 글씨체로 D 장관의 이름이 수신인으로 적혀 있었지만, 도둑맞은 편지에는 두드러지게 굵고 뚜렷한 글씨체로 왕실 저명인사의 이름이 적혀 있다고 했지. G의 설명과 일치하는 것은 편지의 크기뿐이었어. 그런데 이때 두 편지가 지나치게 다르다는 느낌이 들었네. 지저분하고 구겨져 있는 편지는 꼼꼼한 성격인 D 장관과 전혀 어울리지 않았던 걸세. 마치 보는 사람이 이 편지를 쓸모없는 물건으로 착각하도록 꾸며 놓은 것 같았지. 편지를 오는 사람마다 볼 수 있도록 지나치게 눈에 띄는 장소에 놓아두었다는 점도 함께 고려하면 내가 앞서 내렸던 결론과 정확히 일치한다는 것을 알 수 있었네. 이는 수색할 목적으로 찾아간 나에게 그의 혐의가 옳다는 강한 확신을 주는 증거와 같았어.

　나는 최대한 시간을 끌면서 그곳에 머물러 있었네. 겉으로는 D 장관이 좋아하고 열을 올리는 주제를 골라 활기차게 토론을 벌였지만 실제로는 계속 그 편지에 집중했다네. 편지를 살펴보며 그 외양이 어떠한지, 편지꽂이에 어떻게 꽂혀 있는지 기억해 두었네. 또한 그때까지 남아 있던 사소한 의혹을 모두 없애 주는 사실을 발견하게 되었지. 편지를 자세히 보니 가장자리가 필요 이상으로 닳아 있었던 거야. 이미 한 차례 접혀서 눌려 있던 빳빳한 종이를 반대 방향으로 다시 접는 바람에 원래 접힌 자국과 가장자리가 닳아 버렸던 거지. 그 정도면 증거는 충분했네. 도둑맞은 편지는 장갑처럼 안팎을 뒤집어 다른 수신인과 안장을 찍은 것이 분명했지. 나는 D 장관에게 작별 인사를 하고 탁자에 금으로 된 담뱃갑을 놓아둔 뒤 그의 집을 나섰네.

다음 날 아침, 나는 담뱃갑을 찾으러 다시 그의 집을 방문하고 전날 했던 토론을 열성적으로 이어 나갔네. 우리가 이야기를 나누고 있는데 그 집 창문 바로 밑에서 총소리 같은 요란한 폭발음이 들려왔어. 뒤 이어 공포에 찬 비명과 겁에 질린 사람들의 외침이 연신 들려왔지. D 장관은 달려가서 창문을 열고 밖을 내다보았어. 그사이를 틈타 나는 편지꽂이 쪽으로 가서 편지를 꺼내 주머니에 넣은 다음, 그 편지의 외양을 그대로 본뜬 다른 편지를 집어넣었네. 그 가짜 편지는 내 방에서 주의 깊게 만든 것이었어. 겉에 찍혀 있는 머리글자 D는 빵으로 인장을 만들어 쉽게 따라할 수 있었지.

거리에서 벌어진 소동은 한 남자가 장총을 들고 정신 나간 짓을 하는 바람에 벌어진 것이었네. 그는 아이와 여자들이 모여 있던 곳에서 총을 쐈던 거야. 하지만 총에는 총알이 없었던 것으로 밝혀졌고, 그 남자는 미치광이나 주정뱅이처럼 취급당하며 끌려갔지. 남자가 가버리자 D 장관은 창가에서 물러났어.

나도 편지를 바꿔치기하자마자 창가에 가 있었지. 얼마 지나지 않아 나는 작별을 고하고 그 자리를 떠났네. 소동을 벌인 미치광이는 사실 내가 고용한 가짜였다네."

"그런데 무엇 때문에 편지를 바꿔치기한 건가? 그 집을 처음 방문했을 때 그가 보는 앞에서 편지를 들고 나오는 편이 더 낫지 않았을까?"

"D 장관은 무슨 짓이든 할 수 있는 대범한 사람일세. 또한 그 집에는 그에게 충성하는 수하들이 있지. 만일 자네 말처럼 무모한 시도를 했다면 나는 그곳에서 살아 나오지 못했을 테고, 파리의 선량한 시민들은 더 이상 내 소식을 들을 수 없었을 거야. 하지만 이런 이유와 무관하게 다른 목적이 있어서 가짜 편지를 남긴 거라네.

내가 정치적으로 어느 편에 서 있는지 자네도 알고 있겠지. 이번 사건에서 나는 편지를 도둑맞은 부인의 편에 서서 행동한 거라네. D 장관은 지난 18개월 동안 그녀를 마음대로 휘둘러 왔어. 하지만 이제 그녀가 우위를 차지하게 되었지. D 장관은 편지가 사라진 것을 알지 못하고 편지가 있을 때처럼 그녀를 휘두르려 들 테니 말이야. 그는 필연적으로 정치적 파멸에 이르게 될 거라네. 갑작스럽고 기이한 방식으로 몰락하게 될 거야. '지옥으로 떨어지기는 쉽다'라는 격언에 딱 들어맞는 일이 되겠지. 하지만 노래하는 방법에 대해 이탈리아 오페라 가수

카탈라니가 설명한 바와 같이, 모든 종류의 등반에서는 위에서 아래로 내려오는 것보다 아래에서 위로 올라가는 편이 훨씬 쉬운 법일세. 어쨌거나 이번 일에서는 추락하고 있는 D 장관에게 전혀 동정이나 연민을 느낄 수가 없군. 그는 끔찍한 괴물이자 부도덕한 천재야. 그런데 솔직히 말해서 D 장관이 편지를 되찾은 저명인사의 반발에 부딪쳐서 내가 남겨 둔 가짜 편지를 펼치게 되면 어떤 생각을 하게 될지 정말 궁금하다네."

"왜? 그 편지에 특별한 내용이라도 적어 놓은 건가?"

"음, 빈 종이만 남기고 오면 그를 모욕하는 것 같아 옳지 않다고 생각했지. 그는 예전에 빈에서 나를 골탕 먹인 적이 있다네. 그때 나는 웃는 얼굴로 그에게 이 일을 절대 잊지 않겠다고 말했어. 그가 자기보다 한 수 위인 사람의 정체를 궁금해할 것 같아서 실마리를 남겨야겠다고 생각했네. 마침 그가 내 글씨체를 잘 알고 있어서 종이 한복판에 이런 인용구를 옮겨 적었을 뿐이야. '그렇게 잔혹한 음모는, 아트레에게 어울리는 것이 아니라, 티에스트에게 어울린다오.' 크레비용의 희곡 〈아트레〉*에 나오는 구절이지."

---

* 미케네의 왕 아트레가 자기 아내를 유혹한 티에스트에게 복수하기 위해 그의 아들들을 죽여서 그 고기를 티에스트에게 먹인다는 내용이다.

어셔가의 몰락

그의 마음은 줄을 걸어 둔 비파,
손이 닿기만 해도 둥둥 울리네.

- 드 베랑제

그해 가을, 하늘은 무겁게 드리워진 구름으로 어둡고 소리
하나 없이 고요한 어느 날, 나는 홀로 하루 종일 말을 달려 황량
한 시골길을 지나고 있었다. 그리고 땅거미가 질 무렵에 음침
한 어셔가에 도착했다. 이유는 모르겠지만 이 저택을 처음 보
자마자 견딜 수 없는 우울함이 밀려왔다.

내가 견딜 수 없다고 말한 이유는 사람의 마음은 아무리 황
량하고 불쾌한 자연을 보더라도 시적인 정서를 느끼기 마련인

데, 그곳에서 느낀 것은 쉽사리 사그라드는 우울감이 아니었기 때문이다. 난 눈앞에 펼쳐진 장면, 그저 평범한 저택과 일대의 단조로운 풍광, 음산한 담벼락, 공허한 눈을 연상케 하는 창문, 간간이 보이는 무성한 사초, 몇 그루의 삭은 나무 기둥을 을씨년스럽게 바라보았다. 이때의 기분은 마치 아편에서 깨어날 때의 쏩쏠함, 인생에서 실수를 저질렀을 때 느끼는 뼈저린 후회, 장막을 벗길 때 전해 오는 소름에 비견할 만큼 완전한 우울함이었다. 나는 마음이 가라앉으면서 기운이 빠지고 속이 메스꺼웠다. 그것은 아무리 상상력을 발휘해도 평온한 마음으로 바뀔 것 같지 않는 적막감이었다. 대체 무슨 일일까? 나는 잠시 생각에 잠겼다. 어셔가의 저택을 바라보는 나를 이토록 불안하게 만드는 것은 대체 무엇이란 말인가? 그것은 아무리 생각해도 풀리지 않는 수수께끼였다. 그렇다고 나를 엄습하는 어두운 환상들을 마냥 붙잡고 싸울 수만은 없는 노릇이었다.

일단 막연한 의심은 뒤로하고 꺼림칙한 채로 생각을 정리할 수밖에 없었다. 즉 세상에는 지극히 단순한 자연의 조합이라도 사람에게 영향을 끼치는 힘을 가지고 있으며, 인간의 능력으로는 그 힘을 분석하는 것이 불가능하다는 결론이었다. 눈앞에 펼쳐진 풍광의 특정 부분이나 보이지 않는 작은 부분의 배치를 조금만 다르게 하면 이 음울한 인상을 바꾸거나 어쩌면 아예 없앨 수 있지 않을까 생각해 보았다. 이런 결론에 이끌려 저택 옆에 펼쳐진 검고 으스스한 늪의 가파른 언저리를 향해 말을 달렸다. 그리고 늪 수면에 거꾸로 비친 우중충한 사초와 기분 나쁜 나뭇가지, 공허한 눈을 연상케 하는 창문들을 내려다보았다. 하지만 오히려 아까보다 더한 전율이 엄습해 왔다.

나는 이 우울한 저택에 몇 주 동안 머무를 계획으로 왔다. 이 저택의 주인인 로드릭 어셔는 나의 유년시절 친구였지만 오랫동안 만나지 못했다. 그는 멀리 떨어져 살고 있던 내게 최근에 편지 한 통을 보내왔는데, 사연이 너무 심각해 직접 만나러 올 수밖에 없었다. 편지 내용에는 극도로 신경이 흥분된 모습이 여실히 드러나 보였다. 어셔는 몸 상태가 무척 좋지 않고 정신질환으로 고통받고 있으니 자기의 가장 친한 친구, 아니 실제로는 유일한 친구인 내가 그의 병세가 호전되도록 위로차 자신을 만나러 와 주기 바라고 있었다. 편지에는 이런 내용과 그 밖의 여러 가지가 적혀 있었는데 그의 부탁이 하도 간곡해 나는 망설일 여지가 없었다. 그래서 참 묘한 초대라고 생각하면서 곧장 그에게로 향했다.

어릴 적 우리는 꽤 친했지만 어셔에 대해 아는 것이 거의 없었다. 그는 지나치게 말수가 적고 행동도 틀에 박혀 있었다. 내가 알기로 그의 가문은 옛날부터 유명세를 떨쳤는데 유별난 감수성 덕분에 대대로 우수한 예술 작품을 많이 남겼고, 근래에는 남모르게 거액의 기부를 하거나, 음악에 있어 정통적이고 쉽게 느껴지는 아름다움보다는 복잡 미묘한 것에 훨씬 더 많은 열정을 쏟는 모습을 보였다.

내가 알고 있는 특이한 사실은 유서 깊은 어셔가의 혈통은 지금껏 오랫동안 분가한 사람이 없었다는 점, 다시 말해 아주 사소한 사건이나 일시적인 변동은 있었지만 가문 전체가 직계로만 이어져 왔다는 것이다. 문득 이 저택의 성격과, 그 안에 살고 있는 사람들의 성격이 완전히 일치한다는 생각이 들었다. 몇 백 년의 세월이 흐르는 동안 저택이 그곳에 살고 있는 사람들에게까지 영향을 준 것은 아닌지 추측해 보았다. 직계 가족 말고는 자손이 없고, 상속 재산이 아버지에게서 아들로 전해졌다는 사실 또한 저택과 그곳 사람들을 동일시하게 만들었다. 때문에 그 땅의 본래 이름을 버리고 '어셔가'라는 기묘하고 모호한 명칭으로 바꾼 것은 아닐까. 어셔가라는 명칭을 사용하는 소작인들은 그 명칭에 가족과 저택 모두가 포함되어 있다고 생각하는 듯했다.

늪 아래로 저택을 바라본 나의 다소 어린애 같은 어리석은 행동은 저택의 기괴한 첫인상을 더 강하게 만들 뿐이었다. 어쩌면 나의 미신(미신이라고 부르지 못할 이유가 무엇이겠는가)

126

이 강해졌다는 자각이 오히려 그 미신을 더 강하게 했으리라. 하지만 공포와 두려움이 깃든 모든 감정에는 이처럼 모순된 법칙이 존재한다는 사실을 나는 오래전부터 알고 있었다. 늪에 비친 영상에서 눈을 떼고 다시 저택을 향했을 때 기묘한 망상이 떠오른 건 단지 그런 이유에서 비롯된 것일지 모른다. 실제로 그것은 정말 터무니없는 망상이었는데 나를 짓누르던 힘이 얼마나 생생한 것이었나를 설명하고자 지금 이 말을 하고 있는 것일 뿐이다. 나는 그런 상상에 이끌려 저택과 소유지 주변에 특별한 기운이 감돌고 있다고 믿게 되었다. 썩어 빠진 고목, 잿빛의 담벼락, 쥐 죽은 듯 조용한 늪은 현실의 공기와 섞이지 못한 채 지독한 악취를 풍기고 있었고, 어둠을 머금은 탁한 회색의 뿌연 안개가 느릿느릿 움직이며 영지 주변을 감돌았다.

망상에 불과할 뿐인 이런 생각들을 떨치기 위해 나는 눈앞의 저택을 더욱 자세히 훑어보았다. 한눈에도 무척 오래된 고택이라는 걸 알 수 있었다. 오랜 세월을 거치면서 저택은 심하게 변색되어 있었고, 저택 외벽을 뒤덮은 미세한 곰팡이는 마치 가늘게 엉킨 거미줄처럼 처마 밑까지 늘어져 있었다.

그러나 저택이 완전히 황폐한 건 아니었다. 한군데도 무너져 내린 곳은 없었다. 그렇지만 견고해 보이는 외관과 달리 금방이라도 바스라질 것 같은 벽돌 낱장은 서로 기괴한 부조화를 이루고 있었다. 그것은 마치 오랫동안 외부에 노출되지 않고 방치되어 그저 허울만 그럴듯하게 간직하고 있는 오래된 목공예를 연상하게 했다. 황폐해 보였지만 결코 무너질 것 같지는 않았다. 하지만 자세히 관찰하면 거의 눈에 띄지 않는 균열이 번개 모양으로 저택 정면 지붕에서부터 벽을 타고 내려와 음침한 늪에서 사라지는 것을 발견할 수 있었다.

이러한 것들을 눈여겨보면서 저택으로 이어지는 짧은 둑길로 말을 몰았다. 마중 나온 하인에게 말을 맡기고 고딕 양식으로 지어진 아치형 대문을 통해 홀 안으로 들어갔다. 거기서부터 하인은 입을 다물고 발소리를 죽인 채 어둡고 복잡하게 얽힌 여러 복도를 지나 어서가 있는 서재로 안내했다. 무슨 이유에서인지 서재를 가는 동안 마주친 많은 것들이 알 수 없는 공포심을 증폭시켰다.

내 주변의 물건, 천장에 새겨진 조각품, 벽에 걸린 칙칙한 태피스트리, 흑단 같이 검은 바닥, 걸을 때마다 덜거덕거리는 문장이 달린 전리품은 어릴 때부터 보아 온 익숙한 것이었지만 선뜻 친숙하게 받아들여지지 않았다. 이처럼 평범한 것들이 불러일으키는 기이한 망상의 낯설음을 도무지 이해할 수 없었다. 계단을 오르던 중 나는 이 집의 주치의를 만났다. 그의 얼굴 표정에서 교활함과 당혹감을 함께 읽을 수 있었다. 주치의는 몹시 공포에 찬 얼굴로 내게 인사를 건네고는 지나쳐 갔다. 마침내 하인이 방문 하나를 열더니 나를 주인 앞으로 안내했다.

내가 들어선 방은 무척 넓고 천장이 높았다. 뾰족하면서 폭이 좁고 기다란 창문은 검은 떡갈나무로 된 바닥으로부터 한참 위에 있어 방 안에서는 도무지 손이 닿지 않을 정도였다. 격자무늬 유리창에서는 희미하게 붉은빛이 들어와 주위의 물건을 또렷이 알아볼 수 있었다. 그러나 창문에서 멀리 떨어진 구석이나 무늬가 새겨진 아치형의 천장은 아무리 애를 써도 잘 보이지 않았다. 벽에는 검은색 휘장이 걸려 있었다. 가구가 많이 놓여 있었지만 대개 우중충하고 낡을 대로 낡은 오래된 것들뿐이었다. 방 곳곳에 책과 악기도 놓여 있었지만 그것들이 방 안에 생기를 불어넣어 주지는 못했다.

나는 마치 슬픔의 공기로 숨을 쉬고 있는 느낌이었다. 단호하면서도 너무 깊은 나머지 어찌할 수 없는 우울한 기운이 방 안 전체를 감돌며 모든 것에 스며들어 있었기 때문이다.

내가 방 안에 들어서자 소파에 길게 누워 있던 어셔가 몸을 일으켜 나를 반갑게 맞았다. 처음에는 그런 모습이 과장된 우정, 세상에 권태를 느끼고 있는 사람이 억지로 만들어 낸 노력이라고 생각했다. 하지만 그의 얼굴을 보자 나는 그것이 진심이었음을 깨달았다. 우리는 자리에 앉았다. 그리고 나는 그가 말문을 열기 전 연민과 두려움이 뒤섞인 기분으로 잠시 그를 바라보았다. 이렇게 짧은 시간 동안에 로드릭 어셔만큼 모습이 급격하게 변한 사람이 또 있을까! 내 앞에 있는 이 창백한 사람이 나의 어릴 적 친구와 동일인이라고는 도무지 믿기 어려웠다.

그러나 그의 얼굴은 예나 지금이나 이목을 끌 만한 특징이 있었다. 창백한 안색, 어디에도 비교할 수 없는 촉촉하고 반짝이는 커다란 눈, 다소 얇고 핏기가 없지만 빼어나게 아름다운 곡선을 하고 있는 입술, 섬세하면서도 비슷한 코를 가진 사람에 비해 드물게 넓은 콧구멍을 한 유대인의 전형적인 코, 정교하게 틀로 찍어 낸 듯한 턱, 거미줄보다 더 부드럽고 가는 머리카락. 이러한 특징과 함께 남달리 튀어나온 광대뼈가 더해져 그의 인상은 한 번 보면 쉽게 잊히지 않았다.

무서울 정도로 창백한 얼굴과 이상한 광채를 내뿜는 그의 눈은 무엇보다 나를 놀랍고 두렵게 했다. 비단결처럼 부드러운 머리카락은 오랫동안 손질하지 않아 얼굴에 흘러내려 있었는데, 그 모습이 마치 여기저기 처진 거미줄처럼 공중에 붕 떠 있는 것 같았다.

나는 이내 어셔의 태도에서 논리가 맞지 않다는 것, 즉 앞뒤가 맞지 않음을 알아차렸다. 그리고 그것은 잠시도 몸을 가만히 두지 못하고 경련을 일으키는, 극도의 불안 장애를 이겨 내기 위한 미약한 몸부림이라는 사실을 곧바로 눈치챘다. 그가 보낸 편지뿐만 아니라 그의 어릴 적 성격이나 특이한 신체 구조와 기질로 미루어 봤을 때, 나는 어셔의 행동을 어느 정도 예상하고 있었다.

어서는 쾌활하다가도 금세 침울해지곤 했다. 그는 야성적 충동이 완전히 사라진 것 같을 때는 주저하며 떨리는 목소리로 얘기했다가 불쑥 쾌활하고 또랑또랑한 말투로 바뀌었다. 퉁명스럽고 가라앉은 목소리로 천천히 공허하게 이야기하다가 어느새 나른하면서 안정적인 쉰 목소리로 말하기도 했다. 그러다 갑자기 흥분하여 말할 때는 마치 정신 나간 주정뱅이나 구제 불능의 아편쟁이처럼 보이기도 했다.

그는 나를 부른 목적과 진심으로 나를 보고 싶었다는 것, 그리고 나를 만나면 분명 위로받을 수 있을 거라 생각했다고 말했다. 그리고 자신이 앓고 있는 병에 대해 꽤 길게 설명했다. 그의 말에 따르면 그의 병은 가족 대대로 있는 체질적인 것이며 치료 방법을 찾는 일은 거의 불가능하다고 했다. 그러고는 이내 그것은 한낱 신경 쇠약에 불과하기 때문에 곧 나아질 거라고 덧붙였다. 병의 증세는 여러 가지 비정상적인 감각의 형태로 나타났다. 어서가 설명한 병의 증세 가운데 어떤 것은 흥미로우면서도 당황스럽기도 했다. 아마도 그가 사용한 용어나 표현 방식 때문이었을 것이다. 어서는 과도하게 예민한 신경 증세 때문에 괴로워했다. 아주 싱거운 음식이 아니면 입에 대지도 못했고, 특정 직물로 된 옷만 입고, 어떤 꽃이든 그 향기를 맡으면 가슴이 답답하다고 했다. 아주 약한 빛에도 눈을 뜨지 못했고 오직 현악기 소리만 공포감 없이 듣는 것 같았다. 그는 아주 이례적인 공포에 시달리고 있었다.

"난 죽을 거야. 이 어리석음 때문에 죽고 말 거야. 이렇게, 이렇게 다른 방도가 없으면 난 죽게 될 거야. 난 앞일이 무서워. 막연한 미래가 무서운 것이 아니라 앞으로 있을 결과가 무섭네. 아주 사소한 일이라도 그놈이 내 불안한 영혼에 이렇게 참을 수 없는 충동을 일으킨다고 생각하면 소름이 끼치네. 나는 위험 그 자체를 두려워하는 것이 아니야. 다만 공포가 일으키는 절대적 영향을 무서워하는 것이지. 이런 불안감과 가련한 상태에서 공포의 무시무시한 환영과 싸우다 결국 생명과 이성을 모두 버려야만 할 때가 곧 올 것만 같아."

그가 띄엄띄엄 천천히 내뱉는 모호한 말을 통해 나는 그의 또 다른 정신 상태의 특징을 알 수 있었다. 어셔는 수년 간 자신이 살고 있는 저택 밖으로 나간 적이 없었는데 그 저택과 관련해 어떤 미신에 사로잡혀 있었다. 그는 저택의 신비로운 영향력에 대해 내가 옮겨 적을 수 없을 정도로 아주 모호한 말들로 이야기했다. 오랫동안 이 집에 살면서 저택의 형태와 본질 속에 깃들어 있는 기이한 특성이 자신의 정신을 지배하게 되었다는 것이다. 저택의 회색 담벼락, 작은 탑, 어두침침한 늪, 이 모든 것들이 과연 자신이 존재해야 하는가에 대한 생각에 영향을 미쳤다고 했다.

어셔는 망설이긴 했지만 자신을 괴롭히는 기이한 우울증에 좀 더 그럴듯하고 훨씬 더 명확한 원인이 있다는 사실을 시인했다. 그것은 그에게 남은 마지막이자 유일한 혈육이며, 오랜 세월 동반자였던 사랑스런 여동생이 위중한 병으로 죽어 가고 있다는 것이었다.

"동생이 죽으면 희망도 사라지고 나약한 내가 어서 가문의 마지막 혈통이 될 거야."

어셔는 지금까지도 잊지 못할 만큼 침통한 어조로 말했다. 어셔가 이 말을 할 때 여동생 매들린 양은 내가 있다는 사실을 모른 채 방에서 멀리 떨어진 곳을 천천히 지나쳐 사라졌다. 나는 공포와 놀라움으로 그녀를 바라보았는데 왜 그러한 감정이 생겼는지는 설명할 수 없었다. 멀어져 가는 그녀의 모습을 바라보고 있자니 정신이 아득해졌다. 문이 닫히고 그녀의 모습이 사라지자 나의 시선은 본능적으로 어셔의 얼굴로 향했다. 그는 두 손에 얼굴을 파묻고 있었는데 병세가 완연한 가녀린 손가락 사이로 뜨거운 눈물이 떨어지고 있었다.

매들린 양의 병은 그녀의 주치의도 오랫동안 치료 방법을 알지 못했다. 만성이 된 무관심, 점점 나약해지는 육체적 쇠약, 일시적이긴 하지만 빈번히 일어나는 근육 경직 현상 등이 그녀의 특이한 증상이었다. 지금까지는 꿋꿋하게 병마와 잘 맞서 싸우면서 병상에 드러눕지는 않았다. 하지만 내가 저택에 도착한 날 저녁 무렵, 결국 그녀는 병마의 파괴적인 힘 앞에 굴복하고 말았다. 나는 조금 전 얼핏 본 그녀의 모습이 내가 보게 될 마지막 모습이라는 것을, 적어도 살아 있는 그녀의 모습을 다시는 볼 수 없다는 것을 느낄 수 있었다.

그 후로 며칠 동안 어셔는 물론이고 나 또한 매들린 양의 이름을 한 번도 거론하지 않았다. 그동안 나는 어떻게 해서든 친구의 우울증을 달래 주기 위해 온갖 노력을 기울였다. 우리는 함께 그림을 그리거나 책을 읽었다. 혹은 그가 연주하는 격렬하고 광기 어린 기타 연주를 마치 꿈꾸듯 듣기도 하였다. 하지만 그와 더욱 가까워지고 그의 마음속 깊은 곳까지 이해하게 되면서, 그의 어두운 마음을 낫게 하려는 그 모든 노력들이 다 부질없는 짓이란 걸 느끼게 될 뿐이었다. 어셔의 마음속 어둠은 마치 태생부터 있던 성질인 것마냥 음울한 방사선이 되어 정신과 물질세계의 모든 대상을 향해 쉼 없이 발산하고 있었다.

어셔가의 주인과 단둘이 보낸 많은 엄숙한 시간들의 추억을 나는 절대로 잊지 못할 것이다. 하지만 그가 나를 끌어들인 혹은 안내한 일련의 일들에 관해 정확하게 설명할 수는 없을 것 같다.

흥분되고 매우 병적인 상상력만이 모든 것에 푸른색 빛을 던지고 있었다. 그가 즉흥적으로 연주한 긴 비가는 언제까지나 내 귓전에 맴돌 것이다. 무엇보다 격렬한 선율로 이루어진 폰 베버의 마지막 왈츠를 매우 괴상하게 변주해서 들려주었는데, 여전히 그 멜로디는 가슴 아프게 기억되고 있다.

뿐만 아니라 그의 세밀한 환상이 그림으로 환생하여 캔버스에 붓질이 더해질수록 그 모호함은 깊어졌고, 나는 점점 더 공포감에 전율했다. 그리고 까닭을 알 수 없는 몽롱함 때문에 내 몸은 더욱 떨렸다. 지금도 내 기억 속에는 생생한 이미지로 남아 있지만, 말로 표현하려 하면 그 느낌이 잘 전달되지 않을 것이다. 그의 그림은 매우 단순하고 솔직해서 사람들의 주의를 끌며 시선을 압도했다. 만약 관념을 그림으로 표현한 사람이 있다면 그건 바로 로드릭 어셔일 것이다.

적어도 나에게, 당시 나를 둘러싼 그 상황 속에서 이 우울증 환자가 캔버스에 그리려고 했던 순수 추상화는 스위스 화가 퓨젤리의 강렬하고 구체적 몽상을 떠올리는 그림에서도 느끼지 못했던 어두움과 견딜 수 없는 강렬한 공포를 불러일으켰다.

엄밀히 말해 그다지 추상적 정신을 갖추었다고 할 수는 없지만, 내 친구의 환영 같은 그림 중 하나만은 흡족하지는 않지만 그런대로 말로 전달할 수 있을 것 같다. 그것은 티끌 하나 없이 매끈하고 하얗고 낮은 벽으로 된 긴 직사각형의 지하실 혹은 터널의 내부를 그린 그림이다. 구도로 볼 때 그림 속 지하실이 지표면보다 훨씬 낮은 곳에 있다는 사실을 분명히 알 수 있었다.

그림 속 거대한 공간에는 출구나 횃불 같은 어떤 인공적인 빛이 보이지 않았다. 그럼에도 강렬한 빛이 도처에서 흘러나와 지하실 전체가 섬뜩하면서도 이상한 광채에 휩싸여 있었다.

조금 전에 이야기한 것처럼 어셔는 청신경에 문제가 있어서 특정 현악기 음을 제외하고는 그 어떤 음악도 견딜 수 없는 상태였다. 기타를 칠 때도 제한된 곡만 연주했는데 분명 그런 이유로 연주가 더 괴상하게 들렸던 것 같다. 하지만 그가 즉흥적으로 들려주는 광적인 연주곡의 느낌은 지금 말한 이유로는 설명할 수 없었다.

그는 연주를 하면서 종종 가사를 흥얼거리곤 했다. 그의 광기 어린 환상곡은 가사뿐만 아니라 앞서 말한 대로 운율 또한 인위적인 흥분이 최고조를 달하는 어떤 순간에서만 볼 수 있는 강렬한 정신적 집중력과 냉정함에 기인한 것이 틀림없어 보였는데 실제로도 그랬다.

그렇게 읊조린 가사 중 한 구절을 나는 어렵지 않게 외울 수 있었다. 어셔가 가사를 흥얼거릴 때 특히 더 감명을 받았는데, 아마도 난해한 가사의 의미에서 그의 고귀한 이성이 자신의 왕좌에서 흔들거리고 있다는 사실을 어셔 본인이 너무도 잘 알고 있음을 인식할 수 있었기 때문이었다.

'유령의 궁전'이라는 제목의 이 시는 정확하지 않을 수도 있지만 대략 다음과 같다.

1

진한 초록으로 물든 골짜기에

선한 천사들과 함께

한때 아름답고 위풍당당한 궁전

빛나는 궁전이

우뚝 솟아 있도다.

'사색'의 군주 영토에

궁전이 솟아 있도다!

제일 높은 천사도 그토록 아름다운 궁전 위로

날개를 펼쳐 본 적 없으리.

2

황금빛으로 빛나는 노란 깃발

궁전 지붕 위에 나부꼈도다.

(이는 모두 먼 옛날 일이니)

그 행복했던 날에

깃털이 나부끼는 창백한 성벽을 따라

스쳐 가는 부드러운 바람이

향기로운 깃을 타고 살며시 스쳤노라.

3

행복의 골짜기를 헤매는 방랑자들
빛나는 두 개의 창을 통해
아름다운 비파 선율에 맞춰
옥좌를 돌며 춤을 추는 요정들
(황제 포오피로진!)
그 명예에 어울리는 당당한 위엄을 갖춘
이 나라를 지배하는 자이도다.

4

아름다운 궁전의 문은
진주와 루비로 빛나고
그 문을 통해 흐르고 흘러
끊임없이 반짝이며
무리로 뛰어 들어온 메아리는
천상의 목소리로
왕의 재기와 지혜를 노래하는 것이
그들의 즐거운 임무였도다

5

그러나 슬픔의 옷을 두른 악마들이

왕의 높은 자리를 습격했으니

(아아 애통하도다.

이제는 다시 왕의 모습을 영영 보지 못할 것이니)

궁전 터에 떠도는

붉게 빛나던 영광도

이제는 묻혀 버린 먼 옛날의

부질없는 이야기가 되어 버렸도다.

6

이제 골짜기를 여행하는 자들은

붉은 등불이 켜진 창문 너머로 바라본다.

불협화음에 맞춰

기이하게 움직이는 거대한 형상들을

광폭하게 흐르는 급류처럼

창백한 문을 지나

사악한 무리가 끊임없이 뛰쳐나와

큰 소리로 웃어 대지만

더 이상 그 옛날의 미소는 볼 수가 없도다.

이 시가 주는 암시를 통해 우리는 여러 가지 상념에 잠겼고,
그때 나는 어셔의 생각이 무엇인지 분명히 알게 되었다. 내가

여기서 그것을 언급하는 이유는 다른 사람들처럼 어셔가 가진 생각이 신기해서가 아니다. 그가 그 생각에 무척 집착하고 있었기 때문이다. 그 생각이란, 쉽게 말해 모든 식물이 지각을 가지고 있다는 것이다. 그의 정신 착란으로 인해 이런 생각은 한층 과감성을 띠게 되었고, 어떤 상황에서는 무기물의 세계도 그렇다고 생각했다.

그가 얼마나 강하고 진지하게 이 생각을 확신했는가를 나로서는 도저히 표현할 도리가 없다. 그러나 이미 앞서 얘기했듯이 이러한 신념은 선조 대대로 내려오는 저택의 회색 석재와 관련이 있었다. 이 석재가 배열된 방식, 석재 위에 퍼져 있는 수많은 곰팡이와 저택을 둘러싸고 있는 썩은 고목의 배열뿐만이 아니다. 이 집의 석재가 오랜 세월 무너지지 않고 그대로 버티고 있다는 사실, 그리고 늪의 잔잔한 수면에 비친 그림자와 같은 것들이 지각의 조건을 갖추고 있다고 믿는 것처럼 보였다. 이에 대한 증거로 식물이 지각을 가지고 있다는 것이었다. 난 그가 이 말을 할 때 화들짝 놀랐는데, 그에 말에 따르면 늪의 물과 벽을 떠도는 대기가 더디기는 하지만 분명히 한데 모여 엉기고 있다는 것이다. 수세기 동안 가족의 운명을 좌우하고 자신을 지금의 상태로 만든 것은 조용하지만 끈질기게 괴롭히는 대기의 영향력 때문이라고 덧붙였다. 이런 생각에 도대체 무슨 말을 할 수 있겠는가. 그래서 나 역시 아무 말 하지 않으련다.

우리가 읽은 책은 여러 해 동안 어셔의 정신에 큰 부분을 지배해 온 환상적 생활과 딱 어울릴 만한 것들이었다. 그레세의 《베르베르와 샤트류즈》, 마키아벨리의 《벨프골》, 스웨덴보리의 《천국과 지옥》, 홀베르그의 《니콜라스 클림의 지하 여행》, 로버트 플루드, 장 댕지네, 드 라 샹부르 등의 《손금 보는 법》, 티크의 《창공의 여행》, 캄파넬라의 《태양의 도시》 등이 우리가 탐독한 책들이다. 특히 도미니크회 신부 에이메릭 드 지롱의 문고판인 《종교 재판법》을 애독했고, 폼포니우스 멜라의 작품 가운데 고대 그리스의 반인반수의 신 사티로스와 이지판이 나오는 대목이 있는데 어셔는 그것들을 꿈에 취한 듯 몇 시간이고 탐독했다. 그러나 그는 고딕체로 써진 희귀본인 《메인스 교회 성가대에 의한 사자를 위한 철야 기도》를 정독하는 걸 가장 좋아했다.

　　그러던 어느 날 밤 어셔는 동생 매들린 양이 죽었다고 말하며 그녀의 시체를, 매장하기 전에 마지막으로 이 주 동안 저택에서 납골당으로 쓰는 지하실에 안치해 둘 작정이라고 내게 말했다. 이 말을 듣는 순간 나는 희귀본에 나오는 기괴한 장례 의식이 분명 이 우울증 환자에게 영향을 끼쳤을 거라는 생각이 들었다. 하지만 그가 이런 기이한 장례 의식을 치르는 현실적 이유에 대해 내가 왈가왈부할 것은 아니었다. 그의 말에 따르면 그런 결심을 하게 된 이유는, 죽은 매들린 양이 이상한 병을 않았다는 것과 의사들이 주제넘게 사인을 꼬치꼬치 캐내려 한다는 것이었다. 또한 어셔가의 묘지가 너무 멀고 다른 사람들이 볼 수 있다는 이유 때문이었다. 저택에 도착한 날 계단에서 만났던 의사에게 받았던 나쁜 인상을 떠올려 보면, 해될 것도 없고 자연스럽지 않다고도 할 수 없는 이 조치에 대해 껄끄럽기는 하지만 그렇다고 굳이 반대하고 싶은 마음은 없었다.

어셔가 부탁하는 대로 나는 매들린 양을 임시로 매장하는 일을 도왔다. 시체를 관에 넣고 그것을 둘이서 안치실로 옮겼다. 오랫동안 닫혀 있었던 지하는 공기가 부족했고, 우리가 들고 간 횃불의 불꽃마저 약해진 탓에 내부의 모습은 잘 살펴볼 수 없었다. 관을 내려놓은 지하 납골당은 좁고 눅눅했으며, 한 줄기의 빛도 들어오지 않았다. 그곳은 저택에서 내가 기거하는 침실 어떤 부분의 바로 밑 아주 깊은 곳에 있었다. 지하실 바닥 일부와 지하실로 연결된 긴 아치형 복도 전체가 모두 동판으로 덮여 있는 것으로 보아 아무래도 이곳은 먼 옛날 봉건 시대에 지하 감옥이라는 그다지 바람직스럽지 못한 목적으로 사용되었다가 그 후에 화약이나 그 밖에 위험한 가연성 물질의 저장고로 쓰인 것 같았다. 육중한 철문에도 역시 동판이 씌워져 있었는데 너무 무거워서인지 문이 열릴 때마다 경첩이 삐걱거리며 날카로운 소리를 냈다.

등골이 오싹한 이 장소에서 관 받침대 위에 가엾은 시체를 올려놓은 뒤, 우리는 아직 나사를 조이지 않은 관 뚜껑을 살짝 옆으로 밀어 그 안에 잠들어 있는 죽은 이의 얼굴을 들여다보았다. 무엇보다 오누이가 무척 닮았다는 생각이 제일 먼저 들었다. 어셔가 내 마음을 읽었는지 나직이 몇 마디 속삭였다. 그의 말에서 나는 죽은 여동생과 그가 사실은 쌍둥이로 둘 사이에는 늘 설명하기 어려운 공감대가 존재하고 있었다는 사실을 알았다. 하지만 우리는 죽은 이의 모습을 그리 오래 바라보지 못했다. 가만히 들여다보고 있자니 공포감이 몰려왔기 때문이었다. 병으로 젊은 나이에 목숨을 잃은 매들린 양은, 강직증 환자에서 흔히 볼 수 있는, 마치 놀림을 받아 얼굴이 빨개진 사람처럼 얼굴과 가슴 부근에 희미한 붉은 반점이 있었다. 그리고 입술 위로 끔찍한 미소를 띠고 있어 섬뜩한 느낌을 주었다. 우리는 관 뚜껑을 덮어 나사를 조이고 철문을 꼭 닫은 뒤, 지친 몸을 이끌고 위층 방으로 돌아왔다. 하지만 방도 지하 납골당만큼 음침하기는 마찬가지였다.

그렇게 애통한 며칠이 지나고 나자 어셔의 신경병 증세에 눈에 띄는 변화가 나타났다. 그의 모습은 평소에 보던 그가 아니었다. 늘 해 오던 일을 하지 않거나 잊곤 했고, 허둥지둥하며 비틀대는 걸음으로 뚜렷한 목적도 없이 이 방에서 저 방으로 헤매고 돌아다녔다. 창백한 얼굴은 죽은 사람처럼 보일 정도로 더욱 창백해졌고 눈빛은 완전히 초점을 잃은 상태였다. 그가 이야기를 할 때면 때때로 들을 수 있었던 쉰 목소리는 이제 무언가의 공포에 사로잡힌 듯한 떨리는 목소리로 바뀌었다. 끊임없이 고통받고 있는 그의 마음은, 어떤 무거운 비밀과 싸우면서 이 비밀을 밝히기 위한 용기를 얻으려고 초조해하는 것만 같았다. 또 어느 때는 그저 미치광이의 변덕이라고 밖에는 생각할 수 없도록 마치 미지의 소리에 귀를 기울이고 있는 것처럼 몇 시간 동안 가만히 허공을 바라보기도 했다. 그의 이런 행동은 나를 공포에 떨게 했고 점점 그의 우울증까지 전염시키고 있었다. 그가 가진 기괴하면서도 인상적인 광기가 느리지만 분명히 내 몸에 스며들고 있었다.

특히 매들린 양을 지하 납골당에 안치한 지 칠팔 일쯤 지난 늦은 밤, 막 잠자리에 들려고 했을 때 나는 앞서 말한 이 느낌들을 강하게 경험했다. 좀처럼 잠이 들지 않아 몇 시간을 뒤척이며 나를 사로잡고 있는 신경 증세를 이성으로 극복해 보려고 갖은 애를 쓰고 있었다. 꼭 그런 것은 아니지만 내가 잠들지 못하는 이유는 또 있었다. 이 방의 음침한 가구들, 밖에서 불기 시작한 폭풍우의 숨결에 몸부림치면서 벽 위에서 발작적으로 흔들거리고 있는 침대 옆의 검고 낡은 휘장 장식 때문이라고 믿으려 노력했다. 하지만 이런 노력은 소용없었다. 억누를 수 없는 전율이 서서히 온몸으로 퍼지더니 결국에는 알 수 없는 공포의 악령이 내 심장 위에 털썩 주저앉아 버렸다. 난 몸부림 속에서 가쁜 숨을 몰아쉬며 공포를 떨쳐 낸 뒤 베개에서 머리를 들고 캄캄한 방 안의 어둠 속을 가만히 응시하며 귀를 기울였다. 본능적인 기분에 이끌려서 그랬다는 것 밖에는 그 이유를 설명할 수 없었다. 폭풍우가 멈추고 한참 뒤에 어딘가에서 낮고 희미한 소리가 들려왔다. 오늘 밤은 더 이상 잠들지 못할 것 같았다. 알 수 없고 견딜 수 없는 공포감에 휩싸인 나는 허둥지둥 옷을 걸치고, 방 안을 이리저리 오가며 지금 내가 빠져 있는 이 비참한 상황에서 벗어나려 노력했다.

그렇게 방 안을 서성거리고 있을 때, 누군가 조용히 방 가까이 있는 계단을 올라오는 발소리가 들려왔다. 나는 이내 그것이 어셔임을 알 수 있었다. 잠시 후 가볍게 문을 노크하고 어셔가 램프를 손에 든 채 방으로 들어왔다. 얼굴은 평소와 다름없이 창백했지만 눈에는 광기 어린 기쁨이 깃들어 있었고, 행동에서는 광적인 흥분을 간신히 억누르고 있는 것처럼 보였다. 나는 오싹한 기운을 느꼈지만 그때까지 혼자 참아 온 고독보다는 낫다는 생각이 들었고, 심지어 그가 마치 구세주처럼 반갑기까지 했다.

"자네는 정말 그걸 보지 못했나?"

어셔는 잠시 주변을 두리번거리더니 불쑥 말을 꺼냈다.

"정말 보지 못한 거야? 그럼, 가만있게. 보여 줄 테니."

그러고는 조심스럽게 램프의 불빛을 가려 놓고 급히 창가로 가더니 밖에서 불고 있는 폭풍우를 향해 창문을 활짝 열어젖혔다.

갑자기 방 안으로 바람이 세차게 불어오는 바람에 우리는 하마터면 쓰러질 뻔했다. 그야말로 격렬하지만 너무도 아름다운 밤이었고, 그 공포와 아름다움에는 광기 어린 기이함이 깃들어 있었다. 분명 회오리바람은 이 저택을 중심으로 힘의 세력을 집중하기 시작한 것 같았다. 거친 바람의 방향은 시시각각 바뀌었다. 저택의 작은 탑을 짓누를 듯 낮게 드리워진 짙은 먹구름은 먼 곳으로 흩어지지 않고 한데 모여 휘몰아치는 것처럼 빠르게 흘러가고 있었는데, 그 모습이 마치 생물처럼 살아 움직이는 것 같았다. 구름이 짙게 드리워져 있었지만 우리는 폭풍우가 지나가는 모습을 선명히 볼 수 있었다. 달과 별은 떠 있지 않았고, 번개가 번쩍이거나 천둥이 친 것도 아니었다. 하지만 우리 주변의 모든 물체뿐 아니라 불안정하고 거대한 이 수증기 덩어리 아래까지 저택을 둘러싸고 떠도는 뚜렷한 기체의 초자연적인 빛을 받아 희미하게 반짝이고 있었다.

"안 돼. 자네는 이런 걸 봐서는 안 되네!"

나는 다소 거칠게 어셔를 창가에서 떼어 의자로 데리고 가면서 떨리는 목소리로 말했다.

"이런 광경에 몹시 놀란 것 같은데 이건 그냥 전기 현상에 지나지 않네. 아니면 저 늪에서 썩은 독기가 발산되어 그러는 것인지도 몰라. 이 창은 닫도록 하지. 공기가 차서 자네 몸에 해롭네. 그래, 여기 자네가 좋아하는 소설이 있군. 내가 읽어 줄 테니 들어보게. 그러면 이 무서운 밤을 함께 지새울 수 있을 거네."

내가 집어 든 낡은 책은 랜슬럿 캐닝 경의 《광기 어린 신념》이었다. 하지만 그것을 어셔가 좋아하는 책이라고 한 것은 진심이 아니라 장난스럽게 한 말이었다. 왜냐하면 이 책은 조잡하고 지루한 상상력으로 이루어져 어셔의 고상하고 영적인 정신에 흥미를 줄 만한 점이 거의 없기 때문이었다. 하지만 손에 잡히는 책이 이것밖에 없었다. 그러면서도 나는 불안에 떨고 있는 이 우울증 환자에게 내가 읽어 주는 우습기 짝이 없는 책으로 흥분을 달래 줄 수 있을지도 모른다고 생각했다. 정신 이상에 관한 문헌에는 이와 같은 이례적인 사실이 많이 기록되어 있다는 다소 부질없는 희망을 품고 있었다. 실제로 내가 읽고 있는 이야기에 귀를 기울이고 있는, 혹은 귀를 기울이고 있는 것처럼 보이는 그의 이상할 정도로 긴장되고 활발한 모습으로 미루어 보아 내 의도가 성공했다고 기뻐해도 좋을 것 같았다.

나는 소설 속 영웅 에들레드가 은둔자의 집으로 들어가기 위해 부드럽게 청했지만 거절당하자 무력으로 침입하는 유명한 대목에 이르렀다. 잘 알고 있겠지만 이 부분은 이렇게 서술되어 있다.

"본래 타고난 기질이 용맹한 데다 얼큰하게 마신 포도주 기운이 올라오니 에들레드는 고집이 세고 사악한 은둔자와 담판하기를 더 이상 기다리지 않기로 하였다. 마침 어깨 위로 빗방울이 떨어지기 시작하면서 폭풍우가 밀려올 것 같은 기세인지라, 철퇴를 집어 들어 문을 향해 후려치니 순식간에 장갑을 낀 손이 들어갈 만한 구멍이 생기더라. 곧바로 구멍을 잡고 닥치는 대로 부수고, 잡아 찢고, 산산조각 내니 바짝 마른 널빤지 부서지는 소리가 온 숲속에 울려 퍼지더라."

이 문장의 마지막 부분까지 읽었을 때 나는 순간 정지했다. 흥분된 공상에 스스로 현혹된 거라 이내 단정하긴 했지만, 내 귀에는 저택 안 저 멀리 어디선가에서 랜슬릿 캐닝 경이 자세하게 묘사한, 문을 부수고 찢어 대는 듯한 소리의 메아리가 들려오는 것 같았다. 아마도 우연의 일치일 뿐이겠지만 분명히 낮고 둔탁한 소리가 어렴풋이 들려오는 듯했다. 창틀이 덜컹대는 소리가 점점 심해져 가며 불어 대는 사나운 폭풍우 소리는 그 자체만으로도 내 주의를 끌거나 마음을 산란하게 할 요소가 없었기 때문이었다. 나는 계속해서 소설을 읽어 내려갔다.

"뛰어난 전사 에들레드가 문 안으로 쳐들어갔으나 사악한 은둔자가 이미 꼬리를 감추었음을 알고 심히 격분하면서도 놀라더

라. 그 자리에는 비늘로 뒤덮인 거대한 용 한 마리가 불타는 혀를 내밀며 은 마루가 깔려 있는 황금 궁전 앞을 지키고 있었기 때문이니. 벽에는 번쩍이는 놋쇠 방패가 걸려 있고 이런 글귀가 새겨져 있더라.

여기 들어온 자, 승리할 것이다.
용을 쓰러뜨리는 자, 이 방패를 얻을 것이다.

그리하여 에들레드가 철퇴를 들어 용의 머리를 내려치니 용이 날카로운 비명 소리와 함께 고꾸라지며 독기를 토해 내므로 그 귀청을 찢을 듯한 소리에 에들레드도 두 손으로 귀를 막지 않을 수 없더라. 이런 소리는 지금껏 그 누구도 들어 보지 못했을 것이라.”

여기에서 나는 또다시 깜짝 놀라 읽기를 멈추었다. 그 순간, 어디에서 들려오는지는 알 수는 없었지만, 멀리서 낮지만 날카롭고 귀에 거슬리게 절규하는 소리가 분명히 들려왔기 때문이었다. 그것은 내가 이 소설가가 묘사한 용의 기괴한 울부짖음이 이런 소리가 아닐까하고 상상했던 것과 너무도 똑같은 소리였다.
나는 기이한 우연의 일치가 두 번이나 일어나자 놀라움과 극도의 공포심에 압도되어 혼란스러운 감정에 휩싸이지 않을 수 없었다. 그러나 어셔의 예민한 신경을 자극하지 않도록 애써 침착함을 유지했다. 나는 어셔가 의문의 소리를 들었는지 확실히 알 수 없었다. 하지만 몇 분 사이에 그의 행동에는 틀림없이 이상한 변화가 나타나고 있었다.

그는 처음에는 나와 마주보고 앉아 있었는데 차츰 자기 의자를 움직여 어느새 방 입구 쪽을 향해 앉아 있었다. 그리고 마치 알아들을 수 없게 무언가를 중얼거리고 있는 것처럼 입술을 달싹거리고 있었는데 내 쪽에서는 그의 얼굴이 한쪽밖에 보이지 않았다. 그는 가슴 위로 고개를 떨구고 있었지만 얼핏 옆모습으로 보았을 때 눈을 크게 뜨고 있는 것으로 보아 분명 잠이 든 것은 아니었다. 몸을 흔들고 있다는 사실로도 그가 잠들지 않았다는 것을 알 수 있었다. 어셔는 조용하지만 쉴 새 없이 일정한 속도로 몸을 좌우로 흔들고 있었다. 그의 이런 모습을 흘끗 쳐다본 후 나는 랜슬럿 캐닝 경의 책을 다시 읽기 시작했다.

"용의 무시무시한 분노에서 벗어난 전사 에들레드는 놋쇠 방패를 생각해 내고 그것에 걸린 저주를 풀기 위해 용의 사체를 치운 다음 은이 깔린 성의 마루 위를 위풍당당하게 걸어갔더라. 그런데 그가 미처 다가가기도 전에 놋쇠 방패가 쿵 하는 소리를 내며 그의 발밑에 떨어지니, 순간 가공할 만한 굉음이 주위를 뒤흔들었다.”

이 구절을 읽자마자, 마치 그 순간에 놋쇠 방패가 실제로 은마루 위로 둔탁하게 떨어진 것처럼, 희미하지만 또렷한 금속성 소리가, 그러면서도 무언가에 짓눌린 듯한 소리가 들려왔다. 완전히 겁먹은 나는 자리에서 벌떡 일어났지만 어셔는 여전히 규칙적으로 몸을 흔들고 있을 뿐이었다.

나는 어셔가 앉아 있는 의자 쪽으로 달려갔다. 그의 시선은 정면에 고정되어 있었고 얼굴 전체는 마치 돌덩이처럼 경직되어 있었다. 내가 그의 어깨에 손을 올리자 그는 온몸을 파르르 떨며 입가에 엷은 미소를 지었다. 그러고는 내가 있다는 것을 의식하지 못한 것처럼 공포에 질려 낮은 목소리로 빠르게 횡설수설하기 시작했다. 그에게 바짝 허리를 굽히고 나서야 그가 하는 말의 소름 끼치는 의미를 이해할 수 있었다.

“저 소리가 들리지 않나? 내게는 들리는데. 아까도 들렸어. 오랫동안, 오랫동안, 몇 분 동안, 며칠 동안 나는 듣고 있었네. 하지만 난 용기가 없었어. 아아, 나를 불쌍하게 여겨 주게. 난 정말 비참하기 짝이 없는 사람이야! 난 용기가…… 용기가…… 입 밖으로 낼 용기가 없었단 말일세.

우린 매들린을 산 채로 묻어 버렸네! 난 감각이 예민하다고 했지? 이제야 얘기하지만 난 처음부터 매들린이 저 텅 빈 관에서 희미하게 움직이는 소리를 들었단 말이네. 다 들었어. 며칠, 며칠 전부터. 하지만 용기가…… 내게는 말할 용기가 없었어. 그런데 지금, 오늘 밤, 에들레드가…… 하하…… 은둔자의 집 문이 부서지는 소리, 용이 죽어 가며 지른 비명 소리 그리고 방패가 쿵 하고 떨어지는 소리! 아니, 오히려 그건 매들린의 관이 쪼개지는 소리, 매들린이 갇혀 있는 지하실의 경첩이 삐걱거리는 소리, 지하 납골당의 동판이 깔린 복도에서 매들린이 몸부림치고 있는 소리라고 해야 옳을 걸세.

아, 난 어디로 도망쳐야 한단 말인가! 매들린이 곧 이곳으로 오지 않겠나? 내 성급함을 탓하기 위해 달려오지 않겠나? 계단을 올라오는 소리가 들리지 않나? 매들린 심장이 세차고, 무시무시하게 뛰고 있는 소리가 들리지 않는가? 이, 미친 녀석!"

그는 벌떡 자리에서 일어나 미친 듯이, 그리고 영혼이라도 팔 기세로 악을 쓰며 외쳤다.

"미친놈! 매들린이 지금 문 밖에 서 있단 말이다!"

어셔가 초인간적인 기세로 내뱉은 절규 속에 마치 주술의 힘이라도 있었던 마냥 그가 가리킨 거대하고 낡은 벽판의 육중한 흑단이 별안간 서서히 벌어졌다. 그것은 밖에서 불어닥친 폭풍 때문이었지만, 때마침 문 밖에는 매들린 양이 수의로 완전히 감싸진 채 꼿꼿이 서 있었다. 그녀가 입은 흰 옷에는 피가 배어 있었고, 수척한 몸 전체에는 처절하게 몸부림 친 흔적이 남아 있었다. 그녀는 잠시 문턱에 선 채 몸을 떨며 이리저리 비틀대더니, 낮은 신음 소리를 내며 방 안에 있던 자신의 오빠 위로 털썩 쓰러졌다. 그리고 죽기 전 격렬한 짧은 비명 소리를 내지르며 오빠를 마룻바닥에 쓰러뜨렸다. 어셔는 자신이 예견한 대로 공포의 희생양이 되어 이제는 시체가 되어 누워 있었다.

나는 공포에 사로잡혀 그 방에서, 그리고 저택에서 도망쳐 나왔다. 오래된 둑길을 내달릴 때도 폭풍우는 여전히 어지럽게 날뛰고 있었다. 달리던 길을 따라 갑자기 이상한 빛이 비쳤다. 나는 그 수상한 빛이 어디서 비치는 가를 보기 위해 뒤를 돌아보았다.

내 뒤에는 커다란 저택과 그 그림자만이 있을 뿐이었다. 그 빛은 이제 막 기울어 가고 있는 피처럼 붉은 보름달의 빛이었다. 붉게 타는 빛은 번개 모양을 그리며 저택 지붕에서 토대까지 이어져 내려와, 그전에는 거의 눈에 띄지 않는 갈라진 틈 사이로 스며들고 있었다. 나는 우두커니 그것을 바라보고 있었다. 이 틈이 급속하게 커지면서 사나운 회오리바람이 한 번 획하고 몰아쳤다. 둥근 달의 모습이 갑자기 내 눈앞에 나타나는가 싶더니 저택의 웅장한 벽이 산산이 무너져 내렸다. 나는 그것을 본 순간 아찔함을 느꼈다. 거센 파도 소리 같은 거친 고함 소리가 길게 울려 퍼지더니 내 발 밑에 있는 깊고 음침한 늪이 '어셔가'의 잔해를 소리 없이 천천히 집어삼켰다.

마리 로제의 수수께끼

실제 사건과 나란히 나타나는 관념적 사건이 있다. 이 둘은 좀체 일치하지 않는다. 대개 관념적 사건은 사람과 환경의 영향을 받아 불완전해 보이고, 그 결과 또한 불완전하다. 종교 개혁 역시 마찬가지다. 프로테스탄트주의 대신 루터주의가 나타났다.

－ 노발리스《도덕관》

아무리 냉철한 사상가라 해도 단순한 우연으로 넘기기 힘든 놀라운 우연의 일치와 맞닥뜨리면 자기도 모르게 흥분해서 초자연적인 존재를 반쯤은 믿기 마련이다. 이렇게 반신반의한 상태를 사상이라고 부르기는 어렵기 때문에 감정이라고 하자. 이런 감정을 완전히 극복하려면 우연의 원리, 전문적으로 말하자면 '확률론'에 의지할 수밖에 없다. 확률론은 본질적으로 수학을 바탕으로 한다. 따라서 우리는 가장 정밀한 과학을 그림자나 환영처럼 막연하기 이를 데 없는 사고에 적용하는 변칙을 저지르는 것이다.

지금부터 내가 밝힐 기이한 사건은 시간적인 순서로 보면 도저히 이해하기 힘든 세 가지 우연의 일치 중 한 가지이다. 나머지 두 번째와 세 번째는 최근 뉴욕에서 일어난 메리 세실리아 로저스 살인 사건이라는 것을 모든 독자들도 알게 될 것이다.

일 년 전 〈모르그 거리의 살인 사건〉이라는 글에서 내 친구 C. 오귀스트 뒤팽의 남다른 지적 능력을 묘사하려 할 때만 해도 같은 주제를 다시 다루게 되리라고는 생각하지 못했다. 나는 뒤팽의 개성을 생생히 묘사하고 싶었고, 그를 둘러싼 사건 사고를 통해 그 의도를 충분히 전달했다. 다른 예를 더 든다 해도 그 이상을 밝히지는 못했을 것이다. 하지만 그가 놀라운 방식으로 이번 사건을 풀어내는 모습을 보니 다소 강요된 자백 같긴 하지만 자세히 글을 써야겠다는 생각이 들었다. 최근에 떠도는 소문을 듣고도 오래전에 보고 들은 사실을 밝히지 않는다면 오히려 이상한 일이 아니겠는가.

레스파네 모녀의 죽음에 얽힌 비극이 마무리되자 뒤팽은 곧 그 일을 머리에서 깨끗이 지워 버리고 예전처럼 우울한 몽상에 빠져들었다. 늘 그렇듯 나 또한 그와 같은 기분에 젖어 들었다. 우리는 포부르 생제르맹에 있는 방에만 틀어박힌 채 미래는 바람에 내맡기고 현재 속에 조용히 잠들어 따분한 세상을 꿈으로 엮고 있었다.

하지만 이 꿈이 늘 계속된 것은 아니었다. '모르그 거리의 살인 사건'이라는 연극에서 내 친구가 맡았던 역할은 파리 경찰에게 깊은 인상을 남겼다. 그 일로 뒤팽의 이름은 경찰들의 입에 날마다 오르내렸다. 뒤팽은 사건을 해결하는 데 이용했던 단순한 귀납적 추리에 대해 나를 제외하고 그 누구에게도, 심지어 경찰 청장에게도 털어놓지 않았다. 때문에 사람들이 사건의 해결을 기적처럼 여기고 뒤팽의 분석력 또한 직관이라는 평가를 받은 것도 당연했다. 사건 해결 과정에 대해 솔직히 말했다면 이런 편견을 바로잡을 수 있었겠지만 천성이 무덤덤한 뒤팽은 흥미가 사라진 화제를 더 이상 들추고 싶어 하지 않았다. 어쨌든 정치계도 그를 주목했고, 경찰청에서도 그에게 도움을 요청하는 사건이 적지 않았다. 그중 가장 놀라운 사건이 마리 로제라는 젊은 여성의 사망 사건이었다.

이 사건은 모르그 거리의 살인 사건이 있은 지 이 년 후에 일어났다. 불쌍한 '담배 가게 아가씨'와 세례명과 성이 비슷해서 대번에 세간의 이목을 끈 마리는 에스텔 로제라는 과부의 외동딸이었다. 아버지는 마리가 어렸을 때 죽었고, 살인 사건이 일어나기 일 년 반 전까지 두 모녀는 파베 생탕드레가에 살았다. 로제 부인은 그곳에서 하숙을 쳤고 마리도 일손을 도왔다. 마리가 스물두 살이 되자, 팔레 루아얄 지하 잡화점에서 향수를 파는 르 블랑이 그녀의 미모에 눈독을 들이기 시작했다. 단골이라고는 주변에 우글거리는 오갈 데 없는 투기꾼들뿐이던 르 블랑은 마리처럼 예쁜 아가씨가 가게에 있으면 향수 매상이 올라가리라는 것을 모를 리 없었다. 로제 부인은 내키지 않았지만 그가 급여를 두둑이 주겠다고 하자 제안을 받아들였다. 르 블랑의 바람대로 그의 가게는 발랄한 점원의 매력으로 곧 입소문을 탔다. 가게에서 일한 지 일 년쯤 지났을 때 마리가 갑자기 사라지자 그녀 때문에 가게를 찾던 사람들은 혼란에 빠졌다. 르 블랑도 통 이유를 몰랐고 로제 부인은 초조하고 불안해서 정신을 차리지 못했다. 신문들은 득달같이 달려들어 이 사건을 다루었고 경찰도 본격적으로 수사를 시작하려던 그 무렵, 어느 화창한 아침 마리는 일주일 만에 향수 가게 계산대에 모습을 드러냈다. 몸은 멀쩡했지만 얼굴은 어딘지 슬퍼 보였다. 개인적인 질문은 계속됐지만 공식적인 조사는 모두 중단되었다. 르 블랑은 예전처럼 아무 일도 모른다고 했고, 로제 부인은 사람들에게 마리가 시골에 있는 친척 집에 일주일쯤 다녀왔다고 했다. 그렇게 소동은 잠잠해지고 곧 잊혔다. 마리는 사람들의 귀찮은 질문 공세가 싫어서인지 점원 일을 그만두고 파베 생탕드레가의 어머니 집으로 들어갔다.

그 후 다섯 달이 흐르고 마리가 또다시 홀연히 사라지자 주변 사람들은 깜짝 놀랐다. 사흘이 지나도 아무런 소식이 없었다. 나흘째 되던 날 생탕드레 구역 건너편의 센강에 떠 있는 그녀의 시체가 발견되었다. 인적이 드문 룰르 관문 지역에서 그리 멀지 않은 곳이었다.

이 사건에서 살해 방법이 잔인하다는 점을 볼 때 누가 봐도 명백한 타살이었다. 그리고 희생자가 젊고 아름다운 여성이라는 점, 무엇보다 그녀가 생전에 유명했다는 점 때문에 민감한 파리 시민들을 크게 동요시켰다. 이토록 여러 사람에게 큰 충격을 준 사건은 본 적이 없었다. 사람들은 몇 주간 이 사건에 몰두하느라 그날그날 중요한 정치 문제조차 잊어버릴 정도였다. 경찰 청장도 유례없이 큰 관심을 기울이며 파리 경찰력을 총동원했다.

처음 시체가 나왔을 때에는 경찰이 신속히 수사를 시작해서 다들 얼마 못 가 범인이 잡힐 거라고 여겼다. 현상금을 걸어야 한다는 이야기는 일주일 뒤에 나왔고 액수는 겨우 일천 프랑 정도였다. 그러는 동안에도 경찰은 활발하게 수사를 진행했고 여러 사람을 심문했지만 성과는 전혀 없었다. 사건 해결의 실마리가 보이지 않자 대중의 관심은 점점 커져만 갔다. 열흘이 지나자 현상금을 두 배로 올려야 한다는 이야기가 나왔고, 아무런 단서 없이 이 주가 지나자 무능한 경찰을 향한 시민들의 분노가 여러 갈래로 터져 나왔다. 결국 경찰 청장은 "범인을 신고"하는 사람 또는 공범이 있을 경우에 "범인 중 하나라도 신고"하는 사람에게 이만 프랑을 주겠다는 공고문을 내걸었다. 공범일지라도 동료의 범죄 사실을 신고하면 모든 혐의를 풀어주겠다는 약속까지 했다. 게다가 시민 위원회에서도 경찰에서 제시한 현상금에 일만 프랑을 더 주겠다는 벽보를 붙였다. 결국 총 현상금은 삼만 프랑에 이르렀고, 이는 피해자의 미천한 형편과 대도시에서 이런 흉악 범죄가 꽤 빈번하다는 사실을 생각하면 엄청난 액수였다.

이제 살인 사건의 수수께끼가 곧 명백히 밝혀지리라는 것을 누구도 의심하지 않았다. 하지만 용의자 한두 명이 잡혔을 뿐 사건에 연루된 단서가 없어 곧 풀려났다. 이상하게 들리겠지만, 시체가 발견되고 사건이 오리무중인 상태로 삼 주가 지날 때까지 뒤팽과 나는 세상을 떠들썩하게 만든 이 사건을 전혀 모르고 있었다. 우리는 무척 흥미로운 연구에 빠져 지내느라 한 달 넘게 집 밖을 나가지도 사람을 만나지도 않았다. 일간지에 실린 주요 정치 기사도 대충 훑어보기만 했다. 이 사건을 처음 알게 된 것은 경찰 청장 G가 직접 찾아왔을 때였다. 그는 18XX년 7월 13일 이른 오후 우리를 찾아와 밤늦게까지 이야기를 계속했다. 범인을 찾으려는 온갖 노력이 수포로 돌아가자 그는 무척 자존심이 상한 상태였다. 그는 파리 사람 특유의 말투로 체면이 걸린 문제라고 했다. 세상눈이 온통 자기에게 쏠려 있으니 이 사건을 풀기 위해서라면 어떤 희생도 기꺼이 치르겠다고 했다. 끝으로 그는 뒤팽의 기지를 높이 평가한다는 칭찬과 함께 후한 제안을 덧붙이며 어색한 이야기를 마무리했다. 어떤 제안을 했는지는 내가 밝힐 일도 아닐뿐더러 이 글의 주제와는 아무런 관련이 없다.

뒤팽은 경찰 청장의 칭찬은 극구 사양했지만 제안은 바로 받아들였다. 그러자 경찰 청장은 사건에 대한 견해를 밝히기 시작했다. 증거에 관해서도 설명을 늘어놓았지만 정작 우리는 그 증거를 본 적도 없었다. 그는 박학다식하게 보이고 싶었는지 말이 장황했다. 나는 실례를 무릅쓰고 밤이 너무 깊었다는 뜻을 이따금씩 내비쳤으나, 뒤팽은 늘 앉는 안락의자에 가만히 앉아 이야기에 귀를 기울이고 있었다. 그는 경찰 청장이 말하는 내내 안경을 쓰고 있었는데, 그 초록빛 안경알 아래를 언뜻언뜻 들여다보니, 경찰 청장이 돌아가기까지 그 따분한 일고여덟 시간 동안 소리 없이 푹 자고 있었음을 알 수 있었다.

다음 날 아침, 나는 경찰청에 찾아가 지금까지 나온 모든 증거를 분석한 보고서를 입수하고, 여러 신문사를 돌며 이 사건을 다룬 기사를 남김 없이 받아 왔다. 그중 관련이 없다고 입증된 증거들을 제외하고 다음과 같은 정보를 추려 냈다.

마리 로제는 18XX년 6월 22일 일요일 아침 9시경 파베 생탕드레가에 있는 어머니 집을 나섰다. 당시 그녀는 데 드롬가에 사는 이모 집에 간다는 말을 오직 자크 생퇴스타슈라는 사내에게만 남겼다. 데 드롬가는 강변에서 멀리 떨어지지 않은 곳으로 로제 부인의 하숙집에서 3킬로미터 정도 거리에 있다. 짧고 좁지만 사람들이 붐비는 길이었다. 마리의 약혼자인 생퇴스타슈는 로제 부인의 하숙집에서 생활했다. 그는 해질 무렵 마리를 데리러 가서 함께 돌아올 예정이었다. 그런데 오후부터 비가 억수같이 내리기 시작했다. 생퇴스타슈는 마리가 이모 집에서 자고 올 거라고 생각했고, 전에도 그런 일이 있었기 때문에 데리러 갈 필요가 없다고 판단했다. 밤이 되자 일흔 살이 된 늙고 쇠약한 로제 부인은 "이제 마리를 영영 못 볼 거야"라며 불안해했지만 당시에는 귀 기울여 듣지 않았다.

　그는 월요일이 되어서야 마리가 데 드롬가에 가지 않았다는 사실을 알게 됐다. 하루 종일 아무런 소식이 없자 그제야 시내 곳곳과 근교를 찾아다니기 시작했다. 하지만 마리의 소식을 들은 것은 실종된 지 나흘째 되는 날이었다. 6월 25일 수요일 센강을 중심으로 파베 생탕드레가 건너편에 있는 룰르 관문 근처에서 보베라는 사내가 친구와 함께 마리를 찾다가 어부들이 강물에 떠다니는 시체 한 구를 건져 올렸다는 소식을 들었다. 보베는 시체를 보고 잠시 망설였지만 향수 가게 아가씨가 틀림없다고 했다. 같이 있던 친구도 대번에 그녀를 알아보았다.

시체의 얼굴은 온통 검은 피로 덮여 있었고, 일부는 입에서 나온 피였다. 단순 익사체와 달리 거품은 보이지 않았다. 세포 조직의 변색도 없었다. 목 주변에 손자국과 멍이 있었다. 팔은 가슴팍에 모은 채 굳어 있었다. 오른손은 주먹을 꼭 쥐고 왼손은 반쯤 펴져 있었다. 왼쪽 손목 주변을 따라 두 줄로 난 찰과상이 있었는데, 두 가닥의 줄로 묶거나 한 가닥으로 두 번 감아 묶은 흔적이 분명했다. 오른쪽 손목 일부와 등 전체에 벗겨진 상처가 있었는데, 특히 어깨뼈 주변이 심하게 까져 있었다. 시체를 끌어올리느라 어부들이 밧줄을 쓰긴 했지만 그 때문에 생긴 상처는 아니었다. 목 주변의 피부는 심하게 부어 있었다. 칼로 벤 상처나 구타로 생긴 멍은 보이지 않았다. 눈에 잘 띄지 않을 만큼 목을 꽉 조르고 있는 레이스 조각도 나왔다. 완전히 살에 파묻힌 채 왼쪽 귀 아래로 매듭이 지어져 있었다. 그것만으로도 사람을 죽이기에 충분해 보였다. 시체 검시 결과에 따르면 이 정숙한 아가씨가 잔인하게 성폭행을 당했다고 했다. 발견 당시 시체의 상태는 주변 사람들이 큰 어려움 없이 알아볼 수 있을 정도였다.

옷은 갈기갈기 찢기거나 흐트러져 있었다. 겉옷은 밑자락에서 허리 쪽으로 30센티미터 정도 찢어졌지만 완전히 떨어져 나가지는 않았고, 그것으로 허리를 세 번 감아 등 뒤로 매듭을 지은 상태였다. 겉옷 바로 안에는 얇은 모슬린으로 만든 원피스를 입고 있었는데, 45센티미터 정도가 아주 주의를 기울인 듯 고른 모양으로 뜯겨 있었다. 뜯어낸 조각은 목을 느슨하게 감고 단단한 매듭으로 고정되어 있었다. 이 모슬린 옷과 레이스 위로 여성용 모자 끈이 묶여 있었는데, 그 끈은 여성들이 흔히 쓰는 방식이 아니라 선원들 특유의 방식으로 매듭이 지어져 있었다.

신원을 확인한 시체는 시체 보관소를 거치는 형식적인 관례를 건너뛰고 발견 장소 근처에 서둘러 매장되었다. 보베가 이 일이 밖으로 새 나가지 않도록 애썼기 때문에 세상이 떠들썩해진 것은 며칠이 지난 뒤였다. 한 주간지가 결국 이 일을 터뜨리는 바람에 시체를 파내어 다시 검시를 했다. 하지만 이렇다 할 성과는 없었다. 피해자의 어머니와 친구들이 시체의 옷이 마리가 집을 나설 때 입었던 옷이라고 확인했을 뿐이었다.

민심은 더 크게 동요했다. 몇몇 용의자가 붙잡혔다 풀려났다. 특히 생퇴스타슈가 혐의를 받았다. 그도 처음에는 마리가 집을 나선 일요일에 어디에 있었는지 확실히 설명하지 못했다. 하지만 얼마 뒤, 그날 하루 무엇을 했는지 시간마다 자세히 밝힌 진술서를 경찰 청장 G에게 제출했다. 시간이 지나도 새롭게 밝혀지는 사실이 없자 온갖 헛소문만 파다했고, 기자들은 앞다투어 추측 기사를 내놓았다. 그중 가장 주목을 끈 것은 센강에 떠오른 시체가 불행한 다른 여성의 시체이고 마리 로제는 아직 살아 있다는 설이었다. 그 내용을 독자들에게 소개하는 편이 좋겠다. 다음은 상당한 영향력을 지닌 〈레트왈〉의 기사를 그대로 옮긴 글이다.

"로제 양은 18XX년 6월 22일 일요일 아침, 데 드롬가에 있는 이모 집에 간다며 집을 나섰다. 그 이후 그녀를 본 사람은 없는 것으로 밝혀졌다. 아무런 흔적도 소식도 없는 상태이다. (중략) 지금까지도 그날 로제 양을 봤다는 사람은 나오지 않았다. (중략) 6월 22일 아침 아홉 시에 그녀가 살아 있었다는 증거만 있을 뿐, 그 시간 이후 그녀가 생존했다는 증거는 전혀 없다. 수요일 정오쯤 룰르 관문 근처에서 강물에 떠다니는 여성의 사체가 발견되었다. 마리 로제가 집을 나선 지 세 시간 만에 강물로 던져졌다고 가정해도 사체가 발견된 것은 그로부터 단 사흘밖에 지나지 않은 시점이었다. 로제 양이 살해됐다 하더라도 범인들이 그렇게 빨리 살인을 저지르고 한밤중이 되기 전에 사체를 강에 버렸다고 보기는 어렵다. 이런 흉악한 범죄는 주로 낮보다 밤에 일어나기 때문이다. (중략) 따라서 강에서 나온 사체가 마리 로제라면 사체는 이틀 반에서 많아야 사흘 정도 물속에 있었다는 뜻이다. 살해된 직후 강에 던져진 시체 또는 익사체가 부패해서 물 위로 떠오르는 데는 보통 육 일에서 십 일이 걸린다는 것은 잘 알려진 사실이다. 심지어 사체가 있는 쪽으로 대포를 쏜다고 해도 오 일에서 육 일이 지나야 수면으로 떠오르고, 내버려 두면 다시 가라앉는다. 그렇다면 이 사건이 일반적인 경우와 다르게 진행된 이유는 무엇인가? (중략) 살해한 뒤 사체를 화요일 밤까지 강기슭에 버려뒀다면 근처에 범인들의 흔적이 남아 있어야 한다. 살해된 지 이틀 만에 물속에 던져진 사체가 그렇게 빨리 떠오를 수 있는가 하는 점도 의문이다. 게다가 이렇게 살인을 저지르는 흉악범이라면 무거운 물건도 매달지 않고 사체를 물속에 던질 리가 없지 않은가. 누구나 쉽게 생각할 수 있는 방법인데 말이다."

기자는 이 시체가 "겨우 삼 일이 아니라 최소한 십오 일 정도" 물속에 있었다고 주장했고, 그 근거로 보베가 신원을 겨우 확인할 만큼 시체가 심하게 부패했다는 점을 들었다. 그러나 이 근거는 사실이 아님이 확인되었다. 기사를 좀 더 살펴보자.

"그렇다면 보베 씨는 어떤 점을 근거로 그 사체가 마리 로제라고 단언했는가? 그는 옷소매를 뜯어내 어떤 특징을 발견했다고 진술했다. 사람들은 대부분 그가 흉터 같은 것을 말한다고 여겼지만 사실 그는 더러워진 팔을 문질러 털을 발견했을 뿐이었다. 소매를 뜯어보니 팔이 있었다는 것만큼이나 애매하고 아무런 증거가 될 수 없는 말이었다.

수요일 저녁 보베 씨는 귀가하지 않았고, 일곱 시경 로제 부인에게 마리 양 관련 수사가 아직 진행 중이라는 말을 전했다. 로제 부인은 고령에다 큰 충격을 받아 현장에 갈 수 없었다 해도, 그 사체가 마리라고 생각했다면 누군가 한 사람은 현장에 나가 수사 과정을 지켜보도록 할 수 있지 않았을까? 하지만 아무도 가지 않았다. 파베 생탕드레가의 주민들은 물론이고 같은 건물 이웃들조차 이 일을 전해 듣지 못했다. 로제 양의 약혼자이자 로제 부인의 하숙집에 살고 있는 생퇴스타슈 씨도 다음 날 아침 보베 씨가 방으로 찾아가 시체가 발견되었다고 말해 준 뒤에야 이 소식을 알게 됐다고 증언했다. 이런 소식을 그토록 냉랭하게 받아들였다는 점이 놀라울 뿐이다."

신문은 마리의 가족들이 시체가 마리라고 말하면서도 냉담한 태도를 보였다는 인상을 주려고 애썼다. 결국 신문의 의도는 이렇다. 마리가 정절을 지키지 못한 문제로 비난을 피하려고 친구들의 묵인 아래 도시를 떠났으며, 마침 센강에 마리와 약간 닮은 여성의 시체가 떠오르자 이를 이용해 사람들이 마리가 죽었다고 믿도록 일을 꾸몄다는 것이다. 하지만 이번에도 〈레트왈〉은 너무 성급했다. 신문의 주장과 달리 가족들은 무관심하지 않았다. 로제 부인은 완전히 기력을 잃은 채 아무 일도 못할 만큼 안절부절못하고 있었다. 생퇴스타슈도 냉담하기는 커녕 너무 상심한 나머지 제정신이 아니었고, 이를 걱정한 보베 씨가 친지들에게 그가 사체를 재검시하는 현장에 나가지 못하도록 지켜봐 달라고 부탁할 정도였다. 게다가 〈레트왈〉은 공금으로 시체를 다시 매장해야 했다든가, 개인 묘지를 세워 주겠다는 좋은 제안을 가족들이 극구 거절했다든가, 가족 중 누구도 장례식에 참석하지 않았다든가 하는 주장을 펼쳤지만 모두 기사 내용을 뒷받침하려고 쓴 것일 뿐 사실이 아님이 밝혀졌다. 이 신문은 다음 호에 보베에게 혐의를 씌우는 기사를 실었고, 기자는 다음과 같이 주장했다.

"이제 사건은 새로운 국면을 맞았다. 어느 날 B라는 부인이 로제 부인의 집에 갔더니 외출하려던 보베 씨가 오늘 헌병이 찾아올 테니 자신이 돌아올 때까지 헌병에게 아무 말도 해서는 안 되며 나머지는 자신이 알아서 하겠다고 말하는 걸 들었다. (중략) 지금 상황을 보면 보베 씨는 사건의 전말을 혼자만 알고 있는 것 같다. 사건은 보베 씨 없이는 한 걸음도 나아갈 수 없다. 어느 쪽으로 가든 그와 부딪히게 된다. (중략) 무슨 이유인지 보베 씨는 자신을 제외한 누구도 사건에 관여하지 못하도록 하고 있고, 특히 아주 이상한 태도로 남자 친척들을 막고 있다고 한다. 친척들이 사체를 보는 것조차 몹시 꺼리는 눈치다."

보베의 혐의는 다음 증언으로 더 짙어졌다. 마리가 실종되기 며칠 전 보베의 사무실을 찾은 손님의 말에 따르면 아무도 없는 사무실 열쇠 구멍에 장미 한 송이가 꽂혀 있었고 바로 옆 석판에는 "마리"라는 이름이 새겨져 있었다고 했다.

지금까지 살펴본 기사들은 마리가 불량배들에게 희생되었으며, 이들이 마리를 강 건너편으로 끌고 가 몹쓸 짓을 하고 죽였을 거라는 의견이 일반적이었다. 그러나 독자층이 두터운 〈르 코메르시엘〉은 전혀 다른 논평을 내놓았다. 그 일부를 인용해 보겠다.

"지금껏 룰르 관문에 초점을 맞췄던 수사는 방향을 잘못 잡은 것으로 보인다. 이 피해자처럼 얼굴이 알려진 젊은 여성이 누구의 눈에도 띄지 않고 세 구역이나 걸어가는 일은 불가능하다. 피해자를 아는 사람이라면 누구나 그녀에게 관심을 보였을 테니, 누군가 그녀를 봤다면 기억하고 있을 것이다. 게다가 그녀가 집을 나선 시각은 거리가 한창 사람들로 붐빌 때였다. (중략) 그녀가 룰르 관문으로 갔든 데 드롬가로 갔든 적어도 십여 명 정도는 그녀를 알아봤을 것이다. 하지만 그녀가 집을 나서는 모습을 봤다는 사람은 없고, 외출하겠다는 본인의 말 외에는 피해자가 애초에 밖으로 나갔다는 증거도 없다. 겉옷을 찢어서 몸을 칭칭 묶은 점으로 미루어 시체는 짐처럼 옮겨진 듯하다. 범인이 룰르 관문 근처에서 살인을 저질렀다면 그런 수고를 할 필요가 없었을 것이다. 시체가 관문 근처에 떠 있었다는 사실이 그곳에서 던졌다는 확증이 될 수는 없다. (중략) 피해자의 속치마를 폭 30센티미터 길이 60센티미터 크기로 뜯어내 머리 뒷부분을 둘러 턱 아래에 묶어 둔 점은 아마도 비명을 지르지 못하게 하려는 조치인 것 같다. 이는 손수건을 갖고 다니지 않는 자들의 소행인 것이다."

한편 경찰청장이 우리를 찾아오기 하루나 이틀 전쯤 경찰이 중요한 정보를 입수했는데, 적어도 〈르 코메르시엘〉의 주장을 상당 부분 뒤집는 내용이었다. 데뤼크 부인이라는 사람의 두 아들이 룰르 관문 근처의 숲속에서 놀다가 우연히 빽빽한 덤불 사이로 들어갔는데, 그곳에 커다란 돌덩이 서너 개가 등받이와 발받침이 있는 의자 모양으로 놓여 있었다. 위쪽 돌에는 흰 속옷이 널려 있었고, 아래쪽 돌에는 실크 스카프가 놓여 있었다. 양산, 장갑, 손수건도 나왔다. 손수건에는 '마리 로제'라는 이름이 수놓아져 있었다. 근처 가시덤불 위로 찢어진 옷 조각이 걸려 있었다. 바닥에는 발자국이 어지럽게 찍혀 있고, 곳곳에 나뭇가지가 부러져 있었다. 몸싸움의 흔적이 역력했다. 강과 덤불 사이에 있던 울타리가 망가져 있고, 무언가 무거운 물체를 끌고 간 자국이 있었다.

주간지 〈르 솔레이유〉는 이 증언에 대해 다음과 같은 논평을 실었다. 파리 전체 신문사의 논조를 그대로 옮긴 것이나 다름 없었다.

"소년들이 찾아낸 물건들은 적어도 삼사 주 전부터 그 자리에 있었음이 분명하다. 비를 맞고 곰팡이가 심하게 슬어 서로 들러붙어 있었다. 주위의 풀은 물건을 가릴 정도로 무성했다. 양산의 실크는 튼튼해 보였지만 안쪽은 실밥이 풀려 있었다. 접혀 있던 윗부분은 곰팡이가 생기고 헐어서 양산을 펼치자 찢어졌다. (중략) 원피스 자락이 나뭇가지에 걸려 폭 8센티미터, 길이 15센티미터 크기로 찢겨 나갔다. 한 조각은 꿰맨 자국이 있는 옷단 부분이었고, 다른 조각은 옷단이 아니라 치마의 일부분이었다. 길게 찢겨진 이 조각들은 바닥에서 30센티미터 정도 높이 가시덤불에 걸려 있었다. (중략) 드디어 잔인한 범죄의 현장을 찾은 것이다."

이 목격에 이어 새로운 증거도 나타났다. 데뤼크 부인은 룰르 관문과 마주 보는 강변 길가에서 술집을 운영하고 있으며, 다음과 같이 증언했다. 이 주변은 무척 외진 곳이라 일요일마다 강을 건너오는 불량배들의 소굴이 되는데 문제의 일요일 오후 세 시경, 어느 젊은 아가씨가 얼굴이 가무잡잡한 청년과 가게로 들어왔고 둘은 한동안 머무르다가 가게 근처 숲이 우거진 길을 따라 나갔다. 데뤼크 부인은 그 아가씨가 입고 있던 원피스가 죽은 조카의 옷과 비슷해 눈여겨보았다. 특히 스카프가 눈에 띄었다. 두 사람이 떠나자마자 불량배들이 들이닥쳐 돈도 내지 않고 먹고 마시며 야단법석을 떨더니 그 둘이 걸어간 방향으로 몰려 나갔다. 불량배들은 해질 무렵 다시 돌아와 서둘러 강을 건너갔다.

이날 저녁 해가 지고 창밖이 어둑해진 직후 데뤼크 부인과 큰아들은 가게 근처에서 여자의 비명 소리를 들었다. 날카로운 비명이었으나 곧 그쳤다. 데뤼크 부인은 덤불에서 나온 스카프와 시체가 입고 있던 원피스를 대번에 알아보았다. 승합 마차를 모는 발랑스도 일요일에 마리 로제가 얼굴이 가무잡잡한 청년과 배를 타고 센강을 건너는 모습을 봤다고 증언했다. 발랑스는 마리를 잘 알고 있었으므로 잘못 봤을 리 없었다. 친척들은 숲에서 나온 물건들이 마리의 것이 확실하다고 했다.

뒤팽의 제안으로 내가 여러 신문에서 모은 증거와 정보에는 또 하나 중요한 사실이 있었다. 피해자의 옷가지가 발견된 직후 이 범죄 현장 근처에서 마리의 약혼자인 생퇴스타슈가 다 죽어 가는 모습으로 발견된 것이다. 그 옆에는 '아편'이라고 적힌 빈 병이 있었다. 숨을 헐떡이는 모습으로 보아 독약을 마신 것이 분명했다. 그는 아무 말도 못한 채 숨을 거두었다. 그의 품에서 마리를 향한 사랑과 자살 이유를 밝힌 짤막한 유서가 나왔다. 내 메모를 꼼꼼히 살펴본 뒤팽이 말했다.

"말할 필요도 없이 이번 일은 모르그 거리에서 벌어졌던 사건보다 훨씬 복잡하군. 중요한 차이점이 있네. 이번 사건은 잔인하기는 하지만 평범해. 특이한 점이 없어. 바로 그 점 때문에 이 사건이 쉽게 해결될 거라고 여겼겠지만 실은 만만히 봐서는 안 되는 사건이야. 처음에는 현상금을 걸 필요도 없다고 여겼네. G의 부하들은 이런 범죄를 저지를 만한 동기와 방법을 얼마든지 떠올릴 수 있었을 거야. 그 방법과 동기가 모두 실제로 있을 법한 것들이니 그들은 이번에도 그중 하나일 거라고 단정했던 거지. 하지만 이렇게 다양한 추측과 그럴듯한 가설이 많은 사건일수록 해결이 어려운 법이네. 전에도 말했듯이 이성을 통해 진실을 찾고 싶다면 평범한 것을 넘어 특출한 것을 살펴봐야 하네. 이번 사건도 '무슨 일이 일어났는가?' 보다는 '예전에 일어나지 않은 무슨 일이 일어났는가?'를 살펴봐야 하는 거지. 레스파네 부인의 집을 조사했을 때 G의 부하들은 특이한 상황에 놀라는 바람에 조금만 생각하면 알 수 있는 확실한 실마리를 놓치고 말았지. 이번 향수 가게 아가씨의 사건은 오히려 너무 평범해서 실망했을지도 몰라. 그러면서도 윗선에는 사건 해결을 장담했을 테지만 말일세.

레스파네 모녀의 사건은 수사 초반부터 타살이 분명했어. 자살의 가능성은 애초에 없었지. 이번 사건 역시 처음부터 자살일 거라는 추측은 전혀 하지 않았어. 이런 상황에서 룰르 관문에 시체가 나타나자 의심의 여지는 더욱 사라졌겠지. 그러나 그 시체가 마리 로제가 아니라는 주장이 나오자 경찰은 마리를 죽인 범인과 공범을 잡기 위해 현상금을 내걸었어. 우리가 경찰청장과 협의한 조건도 오로지 마리라는 여성에 관한 것뿐이지. 우리 둘 다 경찰 청장을 잘 알지만 그를 너무 믿어서는 안 돼. 범인을 찾아낸다 하더라도 시체가 마리가 아니라고 밝혀지거나, 마리가 죽지 않았다는 가정하에 조사를 시작해서 실제로 살아 있는 그녀를 찾아내면 어떻게 될까? 어느 쪽이든 우리는 헛수고만 한 셈이 되지. 우리가 거래한 사람은 G니까 말이야. 그러니 정의도 좋지만 우리 둘을 위해서 그 시체가 실종된 마리 로제와 동일 인물인지부터 확인해야 하네.

대중은 〈레트왈〉의 주장에 상당히 공감하고 있어. 그 신문도 자기들의 주장에 확신이 있다는 것은 이번 문제를 다룬 기사의 첫 부분만 봐도 알 수 있지. '오늘자 조간신문들이 일제히 월요일자 〈레트왈〉의 결정적 기사를 언급했다'라고 쓰여 있었지. 내가 보기에 그 기사는 기자가 열의가 넘친다는 사실 외에 결정적일 것이 없는 데 말이야. 신문들의 목적은 사건의 진실을 밝히기보다는 세간을 떠들썩하게 만드는 데 있다는 걸 잊지 말게. 진실은 그들의 목적과 우연히 맞아떨어질 때 따라올 뿐이지. 평범한 주장만 펼치는 신문들은 아무리 근거가 훌륭하다 해도 대중의 신뢰를 받을 수 없어. 대중은 신랄하게 반대 의견을 내놓기만 하면 심오하다고 여기니까. 문학에서든 추리에서든 사람들이 가장 빨리 받아들이는 것은 경구일세. 어느 쪽에서든 아주 수준이 낮은 것이지만 말이야.

내가 하려는 말은 이거야. 〈레트왈〉이 마리가 살아 있다고 주장하고 대중들도 그 말을 긍정적으로 받아들이는 까닭은 그 주장이 그럴듯해서가 아니라 경구와 자극적인 이야기가 뒤섞여 있어서라는 거지. 이 신문의 논조를 함께 살펴보세. 처음 발표한 내용과 다른 점은 무시하면서 말이야. 우선 이 기자는 마리가 실종된 후 시체를 발견하기까지 걸린 시간이 짧다는 점을 근거로 이 시체가 마리일 리가 없다고 주장했어. 그러니 이 시간 간격을 가능한 짧게 만들고 싶었을 거야. 기자는 이 목표에 집착하느라 처음부터 억측을 내놓았지. '로제 양이 살해됐다 해도 범인들이 그렇게 빨리 살인을 저지르고 한밤중이 되기 전에 사체를 강에 버렸다고 보기는 어렵다'고 말이야. 너무도 당연히 '왜?'라고 반문할 수밖에 없지. 왜 마리가 집을 나선 지 오 분 만에 살해됐다고 보기 어렵지? 왜 그날 중 어느 때든 살인이 일어났다고 보기 어렵다는 거지? 살인은 때를 가리지 않고 일어나고 있어. 더욱이 범인이 일요일 아침 아홉 시에서 밤

열한 시 사십오 분 사이에 언제고 살인을 저질렀다면 '한밤중이 되기 전에 사체를 강에 버릴' 시간은 충분하단 말일세. 이 기자는 결국 살인이 일어난 것은 일요일이 아니라고 가정하고 있어. 하지만 〈레트왈〉의 이런 가설을 인정하면 우리는 그 신문이 어떤 식으로 글을 쓰든 받아들여야 하지 않겠나. 지면에는 앞에서 말한 '로제 양이 살해됐다 해도'로 시작하는 구절을 실었지만, 사실 기자의 머릿속에는 이런 글이 있지 않았을까? '그녀가 살해됐다 해도 한밤중이 되기 전에 사체를 강에 버릴 수 있을 정도로 빨리 범행을 저질렀다고 보기는 어렵다. 이와 동시에 사체를 한밤중이 될 때까지 버리지 않고 뒀다고 보기도 어렵다.' 앞뒤가 맞지 않는 문장이지만 실제로 지면에 실린 문장보다는 낫지 않은가.

내 목적이 〈레트왈〉의 주장을 반박하는 거라면 이런 문장쯤은 아무래도 좋았을 거야. 하지만 우리의 목적은 〈레트왈〉이 아니라 진실이지. 이 문장에는 내가 말한 단 하나의 의미밖에 없어. 하지만 눈에 보이는 글자보다는 그 글이 전하지 못한 숨은 의도를 찾아야 하네. 이 기자가 말하고 싶었던 것은 일요일 낮이나 밤 언제 범행이 일어났든 범인들이 한밤중이 되기 전에 시체를 강으로 끌고 가기는 어려웠을 거라는 말이지. 내가 문제 삼는 것도 바로 이 부분이야. 기자는 시체를 강으로 옮겨야 하는 상황과 장소에서 범행이 일어났을 거라고 단정하고 있어.

하지만 범행은 강가에서 일어났을 수도 있고 강 위에서 일어났을 수도 있지 않나. 그랬다면 낮이든 밤이든 시체를 물속에 던져 넣는 것이 가장 확실하고 손쉬운 시체 처리법이었을 테고 말이야. 이게 확실하다는 건 아니고 내 의견이 그렇다는 것도 아니야. 지금껏 한 이야기는 사건의 실상과는 관계가 없어. 단지 〈레트왈〉의 전반적인 논조가 애초부터 한쪽으로 치우쳤다는 걸 강조하고 싶은 것뿐이지.

그 신문은 선입관에 맞추어 미리 선을 그어 놓고, 그 시체가 마리가 맞다면 물속에 가라앉았던 시간이 너무 짧은 것 아니냐고 주장했어.

'살해된 직후 강에 던져진 시체 또는 익사체가 부패해서 물 위로 떠오르는 데 육 일에서 십 일이 걸린다는 것은 잘 알려진 사실이다. 심지어 사체가 있는 쪽으로 대포를 쏜다고 해도 오 일에서 육 일이 지나야 수면으로 떠오르고, 내버려 두면 다시 가라앉는다.'

〈르 모니퇴르〉를 제외한 파리의 모든 신문이 이 주장을 그대로 받아들였어. 〈르 모니퇴르〉는 〈레트왈〉의 주장보다 짧은 시간 안에 익사체가 떠오른 사례를 대여섯 개 들어가며 '익사체' 관련 부분을 반박하려 애썼지. 하지만 특이한 일부 사례를 가지고 〈레트왈〉의 일반론을 반박한다는 건 이치에 어긋나는 일이네. 익사체가 이삼 일 사이에 떠오른 사례를 다섯 개가 아니라 쉰 개를 든다 해도 〈레트왈〉의 일반론이 완전히 틀렸다고 입증되기 전까지는 모두 예외 취급을 받을 뿐이야. 〈르 모니퇴르〉도 예외를 주장하기만 했지 일반론 자체를 부정하지는 않았어. 이 일반론을 인정해야 〈레트왈〉의 주장에 설득력이 생기네. 이들의 논거는 익사체가 사흘 안에 떠오를 가능성이 없다는 이야기를 담고 있으니까. 결국 이렇게 유치하게 끌어온 사례들이 반대 이론을 세울 만큼 늘어나기 전까지는 〈레트왈〉의 입장이 더 유리하다고 보네.

자네도 눈치챘겠지만 이 문제에 관해서는 그 일반론 자체를 따져 봐야 해. 그러려면 일반론의 이론적 근거부터 살펴봐야겠지. 보통 인체는 강물보다 무겁지도 가볍지도 않네. 다시 말해 자연 상태에서 인체의 비중은 그것이 차지하는 담수의 양과 거의 같아. 대개 뼈대가 가늘고 살집이 많은 여자의 몸은 뼈대가 굵고 마른 남자의 몸보다 가벼운 법이지. 강물의 비중이 바다에서 밀려오는 조수에 따라 조금씩 변하기는 하네. 하지만 조수의 영향을 제외하고 보면 담수 자체에서 인체가 저절로 가라앉는 경우는 없다고 봐야 해. 일반적으로는 강에 빠지더라도 온몸을 물에 푹 담그면 강물의 비중과 인체의 비중이 균형을 이뤄 떠오를 수 있다네. 헤엄을 못 치는 사람은 땅에서 걷듯이 똑바로 서서 고개를 완전히 뒤로 젖히고 입과 콧구멍만 물 밖에 내미는 자세가 가장 좋지. 그렇게 하면 애쓰지 않아도 어렵지 않게 물에 뜨니까. 하지만 인체와 물의 비중이 이루는 균형도 사소한 일로 깨질 수 있네. 이를테면 한쪽 팔만 물 밖으로 들어 올려도 균형이 깨져 머리가 잠길 수 있고, 아주 작은 나뭇조각이라도 잡으려면 고개를 들어 살펴봐야 하는 경우도 생길 수 있지. 게다가 헤엄을 못 치는 사람들은 오히려 고개를 꼿꼿이 세우고 팔을 위로 뻗어 허우적댄단 말이야. 그러면 머리가 물에 잠기고 그 상태에서 숨을 쉬려고 애쓰다 물이 폐로 들어갈 수밖에 없지. 위에도 물이 들어갈 테고 말이야. 공기가 차 있던 곳에 물이 들어가니 몸은 점점 무거워지겠지. 그 무게 차이로 사람이 가라앉게 되는 것일세. 뼈대가 가늘고 유달리 살이 찐 사람들은 물에 빠져 죽고서도 가라앉지 않지만 말이야. 강바닥에 가라앉은 시체는 다시 비중이 물보다 작아져야 떠오른다네. 부패 등의 이유로 그렇게 되지. 시체가 부패하면서 나오는 가스가 세포 조직이며 장기들을 팽창시켜 몸 전체가 아주 끔찍하게 부풀어 오른다네. 팽창이 계속되면 질량은 그대로인 채 부피가 커지면서 비중이 다시 물보다 작아져 시체가 떠오르는 것이지. 하지만 부패의 속도를 빠르게도 하고 느리게도 하는 요인은 수없이 많다네.

예를 들자면 계절에 따른 더위와 추위, 무기질의 양, 수심, 물의 흐름, 시체의 체질, 죽기 전의 감염과 질병 여부 등 다양하지. 결국 시체가 부패해서 떠오르는 시기를 정확하게 예측하기는 어렵다는 말이야. 조건에 따라 한 시간 만에 떠오를 수도 있고 아예 떠오르지 않을 수도 있으니까. 염화제이수은처럼 동물 박제가 썩지 않게 하려고 쓰는 화학 물질도 있지 않나. 하지만 부패 말고도 위산으로 식물성 물질이 발효하면서 가스가 나와서(다른 장기에서도 여러 가지 이유로 가스가 발생할 수 있고) 시체가 떠오르는 일도 흔한 일이지. 대포는 단순히 진동만 일으킬 뿐이야. 이 진동으로 부드러운 진흙에 박혀 있던 시체가 떨어져 나온다면, 이미 다른 요인으로 비중이 작아진 시체가 떠오를 수는 있겠지. 또 엉겨 붙은 세포 조직이 진동의 영향으로 풀어져 가스로 팽창하는 경우도 있고 말이야.

이런 근거가 있으면 〈레트왈〉의 주장을 수월하게 검토할 수 있네. 그 신문은 '살해된 직후 강에 던져진 시체 또는 익사체가 부패해서 물 위로 떠오르는 데 육 일에서 십 일이 걸린다는 것은 잘 알려진 사실이다. 심지어 시체가 있는 쪽으로 대포를 쏜다고 해도 오 일에서 육 일이 지나야 수면으로 떠오르고, 내버려두면 다시 가라앉는다'라고 썼지.

이제 이 기사가 얼마나 모순덩어리인지 알겠지? '익사체'가 부패해서 물 위로 떠오르는 데 육 일에서 십 일이 걸린다는 것은 잘 알려진 사실이라고 할 수 없네. 과학으로 보나 이전 경험으로 보나 그 시기를 정확히 가늠하기는 어려우니까. 게다가 부패가 상당히 진행되어 몸속의 가스가 밖으로 빠져나가지 않는 한 대포 때문에 수면으로 떠오른 시체가 '내버려 두면 다시 가라앉는' 일도 없네. 하지만 '익사체'와 '살해된 직후 물속에 던져진 시체'를 구별한 점은 주목할 만하지. 기자는 이렇게 구별해 놓고도 이 둘을 같이 취급했지만 말이야. 물에 빠진 사람의 몸이 어떻게 같은 부피의 물보다 무거워지는지 앞에서 자세히 설명했지? 팔을 밖으로 내밀어 허우적거리고 물속에서 숨을 쉬려다가 공기만 들어 있던 폐에 물이 들어가서 가라앉게 된다고 말이야. 하지만 '살해된 직후 물속에 던져진 시체'는 이런 몸부림도 치지 않고 물을 들이마시지도 않겠지. 다시 말해서 일반적으로 시체는 가라앉지 않는다는 걸세. 〈레트왈〉은 이 점을 몰랐던 거야. 살점이 문드러져서 뼈만 남을 만큼 부패해야 비로소 시체는 가라앉게 된다는 말일세. 자, 그럼 실종된 지 단 사흘 만에 시체가 떠올랐으니 이 시체는 마리 로제일 리가 없다는 주장은 어떻게 봐야 할까? 마리는 여자니까 익사했다 해도 가라앉지 않았을 수도 있고, 가라앉았다 해도 이십사 시간 안에 떠올랐을 수도 있지. 하지만 그녀가 물에 빠져 죽었다고 생각하는 사람은 없네. 다들 그녀가 죽은 다음 물에 던져져 있다가 시간이 흐른 뒤에 떠올랐다고 보고 있지.

〈레트왈〉은 '하지만 살해한 뒤 사체를 화요일 밤까지 강기

슭에 버려뒀다면 근처에 범인들의 흔적이 남아 있어야 한다'
고 했지. 처음에는 기자가 이렇게 쓴 의도를 파악하기 힘들었
네. 아마도 기자는 자기의 주장에 대한 반론을 예상했을 걸세.
시체를 이틀간 강변에 버려뒀다면 물에 가라앉을 때보다 훨씬
빨리 부패했을 거야. 이 가정이 사실이라면 시체가 수요일에
도 떠오를 수 있다고 기자는 생각했을 테지. 그게 시체가 그렇
게 빨리 떠오를 수 있는 유일한 경우라고 말이야. 그래서 기자
는 시체가 강변에 방치된 적이 없다고 서둘러 밝힌 것 같아. 만
약 그랬다면 '근처에 범인들의 흔적이 남아 있어야 한다'고 말
이지. 이 어이없는 결론에 자네도 웃음이 나나 보군. 단지 시체
를 강변에 버려뒀다고 해서 어떻게 범인들이 흔적을 많이 남길
거라 생각할 수 있는지 나로서는 참 모를 일이네.

　기사를 더 살펴보세. '게다가 이렇게 살인을 저지르는 흉악
범이라면 무거운 물건도 매달지 않고 사체를 물속에 던질 리가
없지 않은가. 누구나 쉽게 생각할 수 있는 방법인데 말이다'라
고 쓴 부분이 있지. 이봐, 정말 우스운 생각 아닌가! 그 누구도,
〈레트왈〉조차도 이 시체가 살해된 것에 대한 이의가 없네. 폭행
을 당한 흔적이 뚜렷하니까 말이야. 이 기자의 목적은 오로지
그 시체가 마리가 아니라는 걸 밝히는 걸세. 그렇다면 마리가
살해되지 않았다고 증명해야지, 그 시체가 살해되지 않았다는
걸 증명해서는 안 되지 않나. 그런데도 기사의 내용은 그 시체

가 살해되지 않았다는 점만 밝히고 있어. '무거운 물건도 매달지 않은 사체가 있다. 범인들이 사체를 버리면서 무거운 물건을 다는 걸 잊을 리가 없다. 그러니 이 사체는 범인들이 버린 것이 아니다'라는 식으로 말이야. 이 기사가 뭔가 밝혀낸 점이 있다면 이게 전부야. 누구의 시체인가 하는 문제는 접근조차 하지 않았지. 〈레트왈〉은 바로 앞에서 스스로 인정한 사실을 다시 반박한 꼴이 된 거야. '이번에 발견된 여성의 사체는 살해된 것이 틀림없다'고 말이지.

이 기자가 자기도 모르게 자신의 주장을 반박한 예는 이뿐만이 아니네. 앞서 말했듯이 기자는 마리가 실종된 후 시체가 나오기까지 걸린 시간을 가능한 단축하고 싶어 했지. 그러면서도 마리가 집을 나선 뒤로 아무도 그녀를 보지 못했다는 점을 거듭 강조했네. '6월 22일 아침 아홉 시 이후 그녀가 살아 있다는 증거는 전혀 없다'고 말이지. 그의 주장이 확연하게 한쪽으로 치우친 만큼 적어도 이 점은 언급하지 않는 편이 나았을 거야. 혹시라도 월요일이나 화요일쯤 마리를 본 사람이 있다면 문제의 시간 간격은 훨씬 줄어들게 되니까 말이야. 또 그의 추리대로 그 시체가 마리일 가능성도 희박해질 테고 말이야. 그런데도 〈레트왈〉은 전체 논조와는 다른 그 점을 강조하고 있으니 참 우스운 일이 아닌가.

이번에는 보베가 시체의 신원을 확인한 부분을 다시 읽어 보세. 팔에 난 털에 대해 운운한 부분을 보면 〈레트왈〉은 불성실하게 기사를 쓴 것이 분명해. 바보가 아닌 이상 보베가 팔에 난 털만 보고 시체가 마리라고 단정했을 리 없지 않나? 사람은 모두 팔에 털이 나니까 말이야. 이 기사는 증인의 말을 왜곡했다고밖에 볼 수 없어. 보베는 분명 털의 특징을 말했을 거야. 털의 색이나 많고 적음, 길이나 위치 등 특징이 될 만한 점 말이지.

또 이런 내용도 있네. '피해자의 발이 작다고 하는데 발이 작은 사람은 무수히 많다. 양말대님이나 구두도 증거가 될 수 없다. 어디서나 살 수 있는 물건이기 때문이다. 모자에 달린 꽃 장식도 마찬가지다. 보베 씨가 특히 강조하는 증거는 양말대님의 치수를 줄이려고 고리를 뒤로 조여 됐다는 점인데 이 역시 큰 의미가 없다. 많은 여성들이 양말대님을 입어 보지 않고 산 뒤 각자 다리 둘레에 맞게 조여서 쓰기 때문이다.' 이 대목에서 기자가 진심인지 의심스럽더군. 마리의 시체를 찾던 보베가 덩치와 생김새가 엇비슷한 시체 한 구를 보게 되면 차림새는 신경 쓸 겨를도 없이 마리가 맞는다고 생각하지 않았을까? 그뿐 아니라 평소 마리의 팔에서 보던 특이한 털까지 있다면 그의 생각은 더 굳어졌을 거야. 털이 특이할수록 가능성이 커지는 것이 당연하고 말이야. 또 마리의 발처럼 시체의 발이 작다면 시체가 마리일 가능성은 기하급수적으로 늘어나지 않겠나? 게다가 실종되던 날 마리가 신었던 구두까지 똑같다면 아무리 '어디서나 살 수 있는' 구두라 해도 결국 가능성은 확신으로 바뀌게 되는 거지.

그 자체로는 신원을 확인할 수 없는 물건이라도 적절한 위치에 있으면 가장 확실한 증거가 되기도 하네. 모자의 꽃 장식까지 마리의 것과 같다면 더 조사해 볼 필요도 없겠지. 그런 물건이 하나만 나와도 확신이 생기는데, 둘이나 셋 혹은 그 이상이 나오면 어떻겠나? 증거가 하나씩 더해질수록 확신은 수천 수백 배로 커지겠지. 그러니 마리와 같은 양말대님을 피해자도 하고 있었다면 더 살펴볼 필요도 없었을 거야. 더욱이 마리가 집을 나서기 직전에 해둔 것과 똑같이 고리를 뒤로 조인 상태였다면 말이지. 이것조차 못 믿는다면 바보 아니면 위선자 아니겠나?

〈레트왈〉이 이것을 흔한 일로 일축한 것은 억지나 다름없네. 양말대님은 원래 신축성이 있어서 어떤 까닭에서든 따로 줄여서 쓰는 일은 흔치 않으니까. 마리의 양말대님이 기사에 적힌 대로 조여져 있었다면 엄밀히 말해 아주 특이한 경우라는 말일지. 이것만으로도 시체가 마리일 가능성이 충분했을 걸세. 하지만 이 시체는 양말대님이나 구두, 모자, 모자에 달린 꽃 장식, 발의 크기, 팔에 난 특이한 털, 몸집, 생김새 등 마리의 인상착의라고 할 수 있는 것들 중 어느 하나만 갖춘 것이 아니라 이 모두를 한꺼번에 갖추고 있었어.

상황이 이런데도 〈레트왈〉의 기자가 의혹을 품는다면 그가 제정신인지 검사해 볼 필요조차 없을 것이네. 이 기자는 법조인들이 지껄이는 이야기를 그대로 옮기는 편이 현명하다고 생각한 것 같지만, 대개가 법조인이란 딱딱한 판결문만 읊어 대면 그만인 사람들이지 않나? 법정이 기각한 증거들은 사실 조금만 생각해 보면 가장 중요한 증거인 경우가 대부분이야. 법정은 증거에 관한 공인된 일반 원칙을 반드시 지킨다네. 원칙을 고수하고 이에 어긋나는 증거는 무시하는 것이 긴 안목으로 보면 최대한 진실에 가까워지는 확실한 방법이니까 말일세. 이 방법이 대체로 옳기는 하지. 그렇지만 오류도 많이 낳는다는 점은 부인할 수 없을 거야.

보베에게 교묘하게 혐의를 씌운 부분은 자네도 고려할 가치도 없다고 생각하겠지? 그의 좋은 됨됨이는 자네도 이미 알 테니 말이야. 꽤 낭만적이고 남의 일 봐주기는 좋아하지만 그리 지혜로운 인물은 아니지. 이런 사람은 흥분을 잘해서 과민하고 심술궂은 이들에게 의심을 살 만한 행동을 하기 마련이네.

자네도 메모에 썼듯이 보베는 〈레트왈〉의 기자와 인터뷰를 하면서 기자의 주장은 아랑곳없이 그 시체가 마리의 것이 틀림없다고 밀어붙여서 기자를 불쾌하게 한 모양이야. '보베 씨는 이 사체가 마리라고 확신하면서도 본지가 이미 반박한 것 외에 다른 사람들이 믿을 만한 근거를 내밀지 못하고 있다'는 기사를 보면 말이지. 하지만 이런 일에서는 '다른 사람들이 믿을 만한' 강력한 증거는 없다 해도 자신만은 확신하는 경우가 얼마든지 있지 않나? 사람의 인상만큼 애매한 것도 없으니까. 누구나 이웃을 알아보지만 무엇을 보고 그를 알아보는지 얼른 말할 수 있는 사람은 거의 없지. 그러니 보베가 근거 없이 확신한다고 기자가 화를 내는 건 부당한 일이야.

보베를 둘러싼 의심스러운 정황은 그에게 혐의를 두는 기자의 의견보다는 오지랖이 넓은 사람일 뿐이라는 내 가설과 훨씬 잘 맞아떨어지네. 좀 더 너그럽게 해석하자면 열쇠 구멍에 꽂혀 있던 장미도, 석판에 적힌 '마리'라는 글자도 이해 못 할 것도 없지. 마찬가지로 남자 친척들을 막았던 일도, 친척들에게 시체를 보이기를 꺼린 것도, B 부인에게 자신이 돌아올 때까지 헌병들에게 아무 말도 해서는 안 된다고 했던 것도, 끝으로 자신 외에는 아무도 사건 처리에 관여하지 못하게 한 것도 다 이해할 수 있는 일이네. 내 생각에 보베는 마리를 좋아했고 마리도 그럴 여지를 준 것이 분명해. 보베는 마리가 믿고 따르던 사람이라고 모두에게 인정받고 싶었던 거야. 그러니 이 점은 더 말하지 않겠네. 그리고 마리의 어머니와 친척들이 시체가 마리라고 믿으면서도 이 사건에 냉담하게 반응했다는 〈레트왈〉의 주장도 사실이 아니라고 밝혀졌어. 그러니 이제 신원 확인 문제는 완전히 해결됐다고 봐도 되겠지."

여기서 내가 물었다.

"그럼 〈르 코메르시엘〉의 논평은 어떻게 생각하나?"

"음, 기사의 취지는 지금껏 발표된 어떤 기사보다 주목할 만하다고 보네. 전제에서 이끌어 낸 결론이 조리가 있고 날카롭더군. 하지만 그 전제에는 적어도 두 가지 결함이 있었네.

우선, 〈르 코메르시엘〉은 마리가 집 근처에서 불량배들에게 잡혀 갔다고 주장하고 싶은 것 같네. 그래서 '이 피해자처럼 얼굴이 알려진 젊은 여성이 누구의 눈에도 띄지 않고 세 구역이나 걸어가는 일은 불가능하다'고 썼지. 그런데 이것은 기자처럼 파리에 오랫동안 살고, 주로 사무실 근처만 왔다 갔다 하는 유명한 사람의 생각일 뿐이네. 그런 사람은 사무실에서 열 구역만 걸어가도 알아보고 말을 걸어오는 사람이 많겠지. 기자는 이 향수 가게 아가씨도 자기처럼 얼굴이 알려졌다고 하니 걷다 보면 알아보는 사람이 있었을 거라고 결론을 내버린 거지.

하지만 이런 결론은 마리가 이 기자처럼 항상 같은 시간에 한정된 지역만 다녔을 때에나 가능하네. 기자는 일정한 지역을 규칙적으로 오가는 데다 그곳은 직업이 비슷해서 그를 알아볼 사람이 많을 거야. 하지만 마리는 그렇게 일정하게 다니지 않았어. 게다가 이번에는 평소 다니지 않던 길을 택했을 가능성이 크네. 〈르 코메르시엘〉은 이 두 사람의 상황이 같다고 본 듯하지만, 사실 두 사람이 파리 시내 전체를 돌아다녀 보지 않고서는 모르는 일 아닐까? 그것도 두 사람이 아는 사람의 수가 같아야 마주치는 사람의 수도 같아질 테고 말이야. 하지만 나는 마리가 이모 집으로 가는 여러 가지 길 중에 어디를 택했더라도 아는 사람과 마주치지 않을 가능성도 얼마든지 있다고 보네. 이 문제를 제대로 살펴보려면, 파리에서 가장 유명한 사람이라도 그가 아는 사람의 수는 파리 시민 전체에 비하면 보잘것없다는 것을 꼭 염두에 두어야 해.

〈르 코메르시엘〉의 주장은 여전히 설득력이 있어 보이지만 마리가 집을 나선 시간까지 따져보면 설득력은 크게 줄어드네. 신문은 '그녀가 집을 나선 시각은 거리가 한창 사람들로 붐빌 때였다'고 했지만 사실은 그렇지 않았지. 그때는 아침 아홉 시 정각이었어. 평일 아침 아홉 시에는 거리가 사람들로 북적이는 게 맞아. 하지만 일요일 아침 아홉 시에는 사람들이 교회에 갈 채비를 하느라 집에 있을 시간이네. 조금 더 주의를 기울였다면 매주 일요일 아침 여덟 시에서 열 시까지는 유독 시내가 텅 빈다는 사실을 모를 리 없지. 열 시부터 열한 시까지는 거리가 무척 붐비지만 그보다 이른 시간에는 한산하다네.

〈르 코메르시엘〉의 기사에는 한 가지 결함이 더 있지. '피해자의 속치마를 폭 30센티미터 길이 60센티미터 크기로 뜯어내 머리 뒷부분을 둘러 턱 아래에 묶어둔 점은 아마도 비명을 지르지 못하게 하려는 조치인 것 같다. 이는 손수건을 갖고 다니지 않는 자들의 소행인 것이다'라던 부분 말이네. 이 견해가 근거가 있는지 없는지는 차차 살펴보겠지만, '손수건을 갖고 다니지 않는 자들'이라는 말은 결국 질 나쁜 불량배를 가리키는 말이겠지. 하지만 이들이야말로 셔츠는 입지 않아도 손수건은 항상 지니고 다니는 자들이지. 자네도 알겠지만 요즘 건달들은 손수건을 절대로 빼놓는 법이 없거든."

"그럼 〈르 솔레이유〉의 기사는 어떻게 봐야 할까?"

"그 기자가 앵무새로 태어나지 않은 게 안타까울 지경이었지. 그랬다면 아주 알아주는 앵무새가 됐을 텐데 말이야. 그 기사는 여기저기 다른 신문들이 발표한 기사들을 모아서 부지런히 짜깁기한 것일 뿐이야. '소년들이 찾아낸 물건들은 적어도 삼사 주 전부터 그 자리에 있었음이 분명하다. 드디어 잔인한 범죄의 현장을 찾은 것이다'라고 했지. 〈르 솔레이유〉가 옮겨 쓴 이 기사로는 내 의혹이 전혀 풀리지 않았어. 이 기사는 다른 문제들과 함께 나중에 살펴보기로 하세.

우선 짚고 넘어가야 할 점이 있어. 검시가 너무 허술하게 이루어졌다는 사실은 자네도 알고 있지? 신원 확인은 어렵지 않았지만 사실 확인해야 할 점은 그뿐이 아니었어. 없어진 소지품은 무엇인지, 피해자가 집을 나설 때 보석류를 몸에 지니고 있었는지, 그랬다면 발견 당시에 보석도 나왔는지 이런 중요한 문제들은 증거 조사에서 전혀 살펴보지 않았더군.

그 밖에도 조사해야 할 문제가 많았지만 누구도 주의를 기울이지 않았지. 아무래도 직접 조사를 해 봐야겠어. 특히 생퇴스타슈의 증언을 다시 살펴봐야겠네. 이 남자를 의심하는 건 아니지만 찬찬히 살펴봐야겠어. 그가 일요일의 행적을 밝힌 진술서부터 확인하면 되겠지. 이런 진술서는 헷갈리는 경우가 많으니까 말이야. 이상한 점이 없다면 생퇴스타슈는 조사에서 빼도록 하세. 진술서에 거짓이 있다면 그의 자살은 혐의를 키우겠지만, 거짓이 없다면 자살은 충분히 있을 수 있는 일이니 굳이 통상적인 조사를 하지 않을 이유가 없지.

이제 이 비극 자체는 일단 제쳐 두고 우리 둘이서 주변 상황에 초점을 맞춰 조사를 해 보세. 이런 사건에서 흔히 저지르는 실수는 해당 사건에만 집중하느라 부수적인 사건은 전혀 살펴보지 않는 거야. 증거나 변론을 사건과 명백히 관련이 있는 범위에만 제한하는 것은 법정의 잘못된 관행이지. 진정한 철학과 경험을 통해 알 수 있듯이 진실은 겉보기에 무관해 보이는 것에서 드러나는 일이 훨씬 많다네. 근대 과학이 예상하기 어려운 사실을 예측한다는 것은 글자 그대로는 아니더라도 바로 이 원리를 추구하기 때문이지. 자네도 지금은 내 말을 다 이해하지 못할 거야. 역사상 가장 가치 있는 지식들은 부수적으로 우연히 발견한 경우가 많네. 그러니 장차 발전을 원한다면 일반적인 예상을 벗어나 우연히 드러나는 발견에 훨씬 큰 비중을 두어야 하네. 과거를 기초로 미래상을 그리는 것은 더 이상 이

치에 맞지 않게 되었지. 우연은 이제 하부 구조의 일부로 자리 잡았으니까. 우연은 계산으로 완전히 풀 수 있다네. 예측하기 어렵고 상상도 하지 못했던 일들을 이제 수학 공식으로 풀어낸다는 말이지.

다시 말하지만 진실은 부수적인 일에서 드러나는 경우가 훨씬 많다네. 그러니 이 원칙에 따라 이번 사건도 지금껏 아무 성과도 없는 사건 내부보다는 당시의 주변 정황으로 수사의 초점을 맞추도록 하세. 자네가 생퇴스타슈가 쓴 진술서의 진위를 가려주게. 나는 신문 기사들을 더 폭넓게 검토해야겠어. 지금껏 우리는 앞서 밝혀진 내용만 붙잡고 있었지만, 신문 기사를 포괄적으로 들여다보면 분명 수사 방향을 정해줄 작은 단서가 나오리라 믿네. 그렇지 않다면 오히려 이상한 일이겠지."

뒤팽의 제안에 나는 진술서를 하나하나 되짚으며 검토했다. 그 결과 진술서의 내용은 모두 사실이고 생퇴스타슈도 무죄라는 확신이 들었다. 한편 뒤팽은 각종 신문에서 아무 상관도 없어 보이는 사소한 기사까지 빠짐없이 살피느라 정신이 없었다. 일주일 뒤 그는 발췌한 기사를 내놓았다.

"마리 로제는 삼 년 반쯤 전에 르 블랑 씨가 운영하는 팔레 루아알의 향수 가게에서 갑자기 사라져 이번처럼 소동을 일으킨 바 있다. 당시에는 일주일 만에 안색은 조금 창백하지만 평소와 같은 모습으로 계산대에 모습을 드러냈다. 르 블랑씨와 어머니는 로제 양이 시골에 있는 친구 집에 다녀왔을 뿐이라 했고, 소동은 곧 잠잠해졌다. 이번 실종도 당시처럼 지나가는 일이며, 일주일이나 한 달 후 다시 그녀를 보게 되리라 생각한다."

— 6월 23일 월요일 '이브닝 페어퍼'

"어제 한 석간신문이 이전에 있었던 로제 양의 수수께끼 같은 실종 사건을 언급했다. 르 블랑 씨의 향수 가게에서 사라진 일주일 동안 그녀가 바람둥이로 소문난 젊은 해군 장교와 함께 있었다는 것은 잘 알려진 사실이다. 다행히 로제 양은 말다툼 끝에 집으로 돌아왔던 것으로 보인다. 현재 파리에서 근무하고 있는 이 장교의 이름은 공개할 수 없음을 양지 바란다."

— 6월 14일 화요일 조간 '르 메르퀴리'

"엊그제 파리 근교에서 잔인한 폭행 사건이 일어났다. 해질녘 아내와 딸과 동행하던 한 신사가 센강변에서 이리저리 배를 타고 놀던 청년 여섯 명에게 삯을 주고 강을 건넜다. 배에서 내린 세 사람이 배가 보이지 않을 만큼 걸어갔을 때, 딸이 배에 양산을 두고 왔다는 것을 알았다. 딸은 혼자 배로 되돌아갔다가 이 청년 패거리에게 붙잡혀 강 가운데로 끌려갔고, 입에 재갈을 물린 채 잔인하게 폭행당한 뒤 처음 부모와 함께 배에 올랐던 지점에서 멀지 않은 강변에 버려졌다. 패거리는 달아났지만 경찰이 이들을 쫓고 있으며 몇몇은 곧 체포될 것으로 보인다."

- 6월 25일 '모닝 페이퍼'

"본지는 최근에 일어난 범행이 머네 씨의 짓이라는 제보를 몇 통 받았지만 충분히 조사한 결과 그는 무죄임이 밝혀졌다. 이 제보자들의 주장은 열성만 있지 근거가 없으므로 자세한 내용은 공개할 가치가 없어 보인다."

- 6월 28일 '모닝 페이퍼'

"본지는 강경한 어조가 담긴 제보를 여러 통 받았다. 각각 다른 사람이 쓴 것이 분명해 보이는 이 제보들은 로제 양이 일요일마다 도심 인근으로 모여드는 불량배들에게 화를 당한 것이 확실하다는 내용이었다. 본지도 이 추측이 맞는다고 보고 앞으로 지면을 할애하여 일부 내용을 소개하도록 하겠다."

- 6월 31일 화요일 '이브닝 페이퍼'

"지난 월요일 세무서 소속의 거룻배 사공이 센강을 떠다니는 빈 배를 한 척 발견했다. 돛은 선체 바닥에 널브러져 있었다. 사공은 이 배를 거룻배 사무실 쪽으로 끌어다 놓았다. 하지만 다음 날 아침 그 배는 직원들도 모르게 사라지고 없었다. 배에 달려 있던 방향키만 사무실에 보관 중이다."

— 6월 26일 목요일 '르 딜리장스'

　몇 가지 발췌 기사들을 죽 읽었지만 나는 이들이 어떤 상관이 있는지, 문제의 사건과 어떤 식으로 연결되는지 알 수 없었다. 잠자코 뒤팽의 설명을 기다렸다.

　"첫 번째와 두 번째 기사는 길게 이야기하지 않겠네. 경찰이 얼마나 태만한지 자네에게 보여 주려고 적어왔으니까 말이야. 경찰 청장의 말을 들어 보면 기사에 언급된 해군 장교는 전혀 조사를 하지 않은 것 같더군. 그런데도 마리가 실종됐던 두 사건 사이에 어떤 연관도 없다고 단정하는 건 참 어리석지 않은가.

　이를테면 첫 번째 사건이 연인끼리 사랑의 도피를 했다가 말다툼 끝에 배신당한 쪽이 집으로 돌아온 것이라 가정해 보세. 그럼 두 번째 사건도 사랑의 도피라면 새로운 인물이 나타났다기보다는 배신했던 연인이 돌아왔기 때문에 생긴 일 아닐까? 새로운 사랑의 시작이 아니라 옛 사랑과 재회를 했다는 말이지. 한 남자와 가출까지 했던 마리가 다른 남자와 또 그런 일을 벌였을 가능성보다는 한 번 그녀와 도피를 했던 남자가 다시 그런 제안을 할 가능성이 훨씬 크니까 말이야.

　여기서 주의 깊게 살펴봐야 할 사실이 하나 있지. 사랑의 도피라고 확인된 첫 번째 사건과 사랑의 도피라고 추정할 뿐인

194

두 번째 사건 사이의 간격이 평상시 우리 해군의 항해 기간보다 몇 달 더 길다는 사실이지. 어쩌면 이 남자는 출항 일정 때문에 첫 번째 범행 시도에 실패했다가 돌아오자마자 완수하지 못했던 비열한 계획을 실행한 것이 아닐까? 확인된 바는 없지만 말이야. 하지만 자네는 말하겠지. 우리가 생각하는 두 번째 사랑의 도피는 없었다고 말이야. 물론 그 말이 맞아. 하지만 그저 계획이 틀어진 것은 아닐까? 생퇴스타슈와 보베 외에는 마리에게 구혼했다고 알려진 사람은 없네. 그렇다면 마리가 일요일 아침부터 해가 저물도록 룰르 관문 근처 외딴 숲에 함께 있어도 안심할 수 있는 비밀의 연인은 누구란 말인가? 친척들에게도 대부분 비밀로 하고 만났던 남자가 도대체 누구냔 말이지. 그리고 마리가 실종됐던 날 아침 '이제 마리를 영영 못 볼 거야'라고 로제 부인이 예언하듯 했던 말은 무슨 뜻이었을까?

로제 부인이 마리의 가출 계획을 알고 있었다고 보기는 어렵지만, 적어도 마리가 애초에 가출을 계획하고 있었다고는 짐작할 수 있지 않았을까? 집을 나서면서 마리는 데 드롬가의 이모 집에 갈 테니 저녁에 데리러 와 달라고 생퇴스타슈에게 말했네. 얼핏 보기에는 이 부분이 내 짐작과 달라 보이지만 잘 생각해 보게. 그녀는 분명 누군가를 만나 함께 강을 건넜고, 오후 세 시가 되어서야 룰르 관문에 갔다는 것은 이미 알려진 사실이지. 어머니에게 미리 말했는지는 알 수 없지만, 마리는 그 남자와 동행하면서도 자기가 집을 나설 때 생퇴스타슈에게 행선지를 밝혔다는 점과 그가 약속한 시간에 데 드롬가에 갔다가 그녀가 거기 오지 않았다는 사실을 알고, 얼마나 놀라고 의아해할지를 생각했을 것이네. 또 이상한 기분에 하숙집으로 가 봐도 그녀가 없다는 걸 알면 생퇴스타슈가 화를 낼 것이고 사람들은 의심할 거라고 충분히 예상했을 거야. 집에 돌아가면 이 의혹의 눈초리를 견뎌야 한다는 생각은 못했겠지만, 그녀가 애초에 돌아갈 생각이 없었다면 사람들의 눈총쯤은 대수롭지 않게 여겼겠지.

그녀는 아마 이렇게 생각했을 거야. '나는 사랑의 도피를 하거나 나만 아는 다른 이유로 어떤 사람을 만날 거야. 아무런 방해도 받지 않도록 조심해야지. 사람들을 따돌릴 시간도 충분해야 하니까 데 드롬가에 있는 이모 집에 가서 하루 종일 있다 온다고 말해야겠어. 생퇴스타슈에게는 날이 어두워지기 전에는 데리러 오지 말라고 해야지. 이렇게 하면 의심을 사지 않고 집을 오래 비울 수 있고 나중에 설명하기도 쉬울 테니까. 시간을 벌기에는 이 방법이 제일 좋겠어. 생퇴스타슈에게 해질녘에 데리러 오라고 하면 그 전에 오는 일은 없겠지. 하지만 그렇게 말해 두지 않으면 그는 내가 더 빨리 올 거라 생각할 거고, 왜 내가 빨리 오지 않는지 일찍부터 걱정하겠지. 그럼 내가 도망갈 여유가 줄어들 거야. 이 사람과 산책 정도만 즐기고 돌아갈 생각이라면 생퇴스타슈에게 데리러 오라는 말은 하지 않는 편이 나아. 거짓말이라는 게 금방 들통 날 테니까. 어디에 가는지 말하지 않고 갔다가 어두워지기 전에 돌아와서 데 드롬가의 이모 집에 갔었다고 말하면 어차피 그는 영원히 모르고 지나갈 수도 있지. 하지만 나는 다시는, 아니 몇 주 동안, 아니 숨어서 지낼 곳을 마련하기 전까지는 돌아오지 않을 생각이니까 지금 신경 쓸 것은 오직 하나, 시간을 버는 것뿐이야'라고 말일세.

자네도 메모에 썼지만 이 안타까운 사건을 바라보는 대중들의 생각은 이 아가씨가 처음부터 불량배들에게 화를 당했다는 거였네. 사람들의 공통된 의견은 그냥 무시할 수 없지. 자발적으로 일어난 여론은 천재 특유의 직관처럼 여기고 살펴볼 필요가 있어. 나도 백에 아흔아홉은 여론의 판단을 따른다네. 하지만 이 판단이 다른 일에 영향을 받은 흔적이 있어서는 안 되겠지. 여론은 순수하게 대중의 생각만 담고 있어야 하네. 이를 구분하기는 무척 힘들고 유지하기도 어렵지.

이번 사건에서 불량배들을 지목한 '여론'은 내가 가져온 세 번째 기사가 다룬 사건에서 크게 영향을 받은 것 같아. 젊고 예쁘고 유명했던 마리의 시체를 발견하자 파리 전체가 술렁거렸네. 시체는 폭행을 당한 흔적이 있는 채로 강물에 떠 있었고 말이야. 그런데 마리가 살해됐다고 추정하는 바로 그 시기에 비슷한 폭행 사건이 일어났어. 그보다 정도는 약했지만 또 다른 젊은 여성이 불량배들에게 폭행을 당한 사건이었지. 이미 알려진 범죄가 아직 밝혀지지 않은 범죄에 대한 사람들의 판단에 영향을 주다니 참 놀랍지 않나? 이 알려진 범죄가 방향을 찾지 못하고 있던 사람들의 생각에 갈 길을 알려준 셈이지!

마리는 강에서 발견됐네. 그리고 이 폭행 사건도 바로 이 강에서 일어났지. 두 사건의 연관성이 이렇게 명백한데 대중이 이를 파악하지 못한다면 그것이 더 놀라운 일이겠지. 하지만 이미 밝혀진 사건은 거의 동시에 일어난 다른 사건이 같은 방식으로 일어나지 않았다는 것을 증명해 주네. 이를테면 어떤 불량배 패거리가 어떤 장소에서 전대미문의 범죄를 저지르고 있는데 같은 시간에 비슷한 패거리들이 같은 장소, 비슷한 상황에서 같은 도구와 같은 수단으로 범죄를 저지른다면 그야말로 기적이 아닐까? 하지만 실제로 이런 우연에 영향을 받은 대중들은 이 놀라운 기적들이 한꺼번에 일어났다고 믿으라고 하는군.

더 깊이 들어가기 전에 범행 현장으로 추정되는 룰르 관문의 덤불을 떠올려 보세. 나무가 빽빽하긴 하지만 사람들이 자주 다니는 길가에서 멀지 않은 곳이지. 커다란 돌덩이 서너 개가 등받이와 발받침이 있는 의자처럼 놓여 있었다고 했네. 위쪽 돌에는 흰 속옷이, 아래쪽 돌에는 실크 스카프가 놓여 있었어. 양산과 장갑, 손수건도 여기서 발견되었지. 손수건에는 '마리 로제'

라고 수가 놓여 있었네. 주변 나뭇가지에는 옷 조각들이 걸려 있었지. 바닥에는 발자국이 어지럽게 나 있고 곳곳에 가지가 부러져 있었네. 격렬한 몸싸움의 흔적이 분명하다고 했지. 이 덤불을 발견하자 신문들은 일제히 환호했고 이곳이 바로 범행 현장이라고 발표했지만 의문의 여지는 여전히 남아 있었네. 내가 믿든 안 믿든 그곳이 범행 현장이라는 데는 의심을 품을 만한 이유가 분명히 있네.

〈르 코메르시엘〉이 주장하듯 진짜 범죄 현장이 파베 생탕드레가 근처라고 생각해 보세. 범인들이 여전히 파리 시내에 숨어 있다면 세간의 시선이 정확한 방향으로 쏠리는 것이 두려웠겠지. 누군가는 이 시선을 다른 데로 돌려야 한다는 생각도 했을 테고. 마침 룰르 관문의 덤불이 의심을 받고 있었으니 자연히 그곳에 물건을 가져다 두면 되겠다고 여겼을 걸세.

〈르 솔레이유〉는 그 물건들이 꽤 오랫동안 덤불에 있었을 거라고 추정하지만 정확한 근거는 제시하지 못했어. 오히려 문제의 일요일부터 소년들이 물건을 찾아낸 오후까지 이십 일 동안이나 누구의 눈에도 띄지 않고 그 물건들이 숲에 남아 있을 수 없다는 정황 증거만 있을 뿐이지. 〈르 솔레이유〉는 다른 신문의 의견을 따라 '비를 맞고 곰팡이가 심하게 슬어 서로 들러붙어 있었다. 주위의 풀은 물건을 가릴 정도로 무성했다. 양산의 실크는 튼튼해 보였지만 안쪽 실밥이 풀려 있었다. 접혀 있던 윗부분은 곰팡이가 생기고 헐어서 양산을 펼치자 찢어졌다'고 썼네. 풀이 '물건을 가릴 정도로 무성했다'는 것은 어린 아이들의 기억에서 나온 말일 뿐이야. 아이들은 다른 사람들이 보기 전에 물건들을 집에 가져갔으니 말이야. 하지만 살인이 일어났던 덥고 습한 날씨에는 풀이 하루에 5센티미터에서 8센티미터까지 자라기도 하네. 새로 깐 잔디밭에 양산을 두어도 일주일이면 쑥쑥 자란 잔디에 가려 안 보이게 된다는 말이지. 그리고 〈르 솔레이유〉가 이 짧은 기사에서 세 번이나 언급한 곰팡이 말인데, 이 기자는 곰팡이의 성질을 조금도 몰랐던 걸까? 이십사 시간 안에 생겼다가 죽는 것이 곰팡이의 가장 일반적인 특징인데 말이야. 그러니까 물건들이 '적어도 삼사 주 전부터' 그곳에 있었다며 의기양양하게 제시한 근거들이 모두 말이 안 된다는 것을 우리는 한눈에 알 수 있네. 반대로 사건이 일어난 뒤 일주일 넘게 물건들이 덤불에 버려져 있었다고는 도저히 믿기지 않지. 파리 변두리를 조금이라도 아는 사람은 교외로 멀리 나가지 않는 한 인적이 드문 곳을 찾기가 얼마나 어려운지 잘 알 거야. 사람이 전혀 없거나 드문드문이라도 보이지 않는 외딴 곳은 숲속이라 해도 상상하기 어려울 정도니까.

가슴 깊이 자연을 사랑하지만 이 대도시의 먼지와 열기가 주는 일거리에 매여 있는 사람이 있다고 하세. 그에게 평일이라도 우리 바로 근처에 있는 자연의 아름다운 풍경 속에서 고독을 향한 갈증을 채워 보라고 해 보세. 걸음을 내딛을 때마다 불량배들이 불쑥 나타나고 술을 마시며 흥청거리는 소리에 즐거움은 사라지고 말 거야. 더 깊은 숲에서 혼자 있을 곳을 찾아보지만 모두 소용없을 걸세. 후미진 곳마다 빈민들이 우글거릴 테니 말이네. 결국 이 사람은 마음에 상처를 입은 채 파리로 도망치고 말거야. 파리도 시궁창 같긴 하지만 부조화가 덜한 곳이니 혐오감도 덜 느낄 테지. 파리 변두리가 평일에도 이렇게 붐비니 일요일에는 더하지 않겠나! 특히 최근 일거리도 없고 습관처럼 저지르던 범죄의 기회도 빼앗긴 시내 불량배들이 변두리로 몰려간다네. 물론 자연을 사랑해서가 아니라 사회의 제약과 인습에서 벗어나기 위해서 가는 거지. 신선한 공기와 푸른 숲을 보러 가는 게 아니라 제멋대로 행동할 곳을 찾아 가는 거지. 그러고는 동료 패거리들 말고는 신경 쓸 필요도 없이 길가 주점이나 나무 그늘에 앉아 자유와 술에 들떠 광적인 환락에 빠져드는 거라네. 내가 강조하려는 점은 이거야. 파리 근교 어느 숲에서든 문제의 물건들이 누구의 눈에도 띄지 않는다는 것은 기적처럼 드문 일이라는 거지. 굳이 열심히 찾지 않아도 뻔히 보일 테니 말일세.

  사람들의 시선을 실제 범죄 현장에서 돌리려고 이 물건들을 덤불로 옮겼다고 추측하는 데는 또 다른 근거가 있어. 우선 물건들을 발견한 날짜를 잘 보게. 그리고 내가 찾은 다섯 번째 기사의 날짜와 비교해 보게. 이 석간신문이 긴급 제보를 여러 통 받은 직후에 물건들이 발견되지 않았나? 각각 다른 사람이 보낸 제보였지만 모두 결론은 같았네. 불량배들이 범인이고 룰르 관문 근처가 범죄 현장이라고 말이야. 물론 아이들이 물건을 발견한 것이 제보 때문이라거나 사람들의 시선이 그쪽으로 향했기 때문이라는 말은 아닐세. 다만 그 이전에는 물건들이 덤불에 없었기 때문에 아이들이 좀 더 빨리 발견하지 못했던 것이 아닌지 의심하는 것뿐이네. 말하자면 범인들이 제보를 보낸 바로 그날이나 그보다 하루 이틀 앞서 물건들을 갖다 둔 것이 아닐까 하는 것이지.

그 덤불은 무척 특이한 덤불이야. 유난히 빽빽하게 우거져 있거든. 자연이 만든 담으로 둘러싸인 곳에 돌덩이가 특이하게 놓여 있었지. 자연의 조화로 가득한 이 덤불은 데뤼크 부인의 집에서 몇 미터 떨어지지 않은 곳에 있어서 아이들은 나무껍질을 주우러 이곳을 종종 뒤지며 다닌다더군. 그렇다면 아이들은 하루도 빠짐없이 이 나무 그늘을 찾아가 자연이 만든 왕좌에 앉아 놀았을 거라고 하면 너무 무모한 내기일까? 이런 내기를 주저하는 사람은 아마도 소년 시절이 없었거나 그 천진난만함을 잊어버린 사람일 걸세. 다시 강조하지만 물건들이 하루 이틀 안에 발견되지 않은 채 남아 있었다는 건 도무지 이해하기 힘들어. 〈르 솔레이유〉는 전혀 알아차리지 못했지만 그 물건이 나중에 옮겨졌을 가능성은 충분하다는 말일세.

하지만 물건들이 옮겨졌을 거라고 믿는 데에는 앞서 말했던 것보다 훨씬 설득력 있는 이유가 있네. 자, 물건들이 얼마나 부자연스럽게 널려 있었는지 생각해 보게. 위쪽 돌에는 흰 속옷이, 아래쪽 돌에는 실크 스카프가 놓여 있었고 양산과 장갑, 손수건이 주변에 흩어져 있었다고 했지? 손수건에는 '마리 로제'라고 수가 놓여 있었고 말이야. 이런 건 그리 똑똑하지 못한 자들이 자연스럽게 보이려고 할 때 쓰는 수법이라네. 하지만 전혀 자연스러워 보이지 않지. 물건들이 모두 바닥에 흐트러진 채 마구 짓밟혀 있었다면 모르지만 말이야. 그 좁은 나무 그늘 아래 여러 명이 이리저리 몸싸움을 했는데 속옷과 스카프가 돌 위에 얌전히 있었다는 것도 말이 안 돼.

신문에서 '바닥에는 발자국이 어지럽게 찍히고 곳곳에 나뭇가지가 부러져 있었다. 몸싸움의 흔적이 역력했다'고 했지만 속옷과 스카프는 선반 위에 둔 것처럼 놓여 있었네. 또 신문은 이렇게 썼지. '원피스 끝자락이 나뭇가지에 걸려 폭 8센티미터 길이 15센티미터 크기로 찢겨 나갔다. 그중 하나는 꿰맨 자국이 있는 옷단 부분이었다' 바로 여기서 〈르 솔레이유〉는 무심코 아주 이상한 표현을 썼네. 그 조각은 기사의 표현처럼 '나뭇가지에 걸려 찢긴' 것처럼 보이긴 했지만 사실은 일부러 손으로 찢은 것이었지. 문제가 된 옷이 가시에 걸려 '찢겨 나가는' 일은 거의 없을 것이네. 그 옷감의 특성 때문에 가시나 못에 걸리면 직각으로 찢어지네. 말하자면 가시에 걸린 부분을 꼭짓점으로 해서 직각을 이루며 길게 찢어진다는 말이네. 기사의 표현처럼 조각이 '찢겨 나가는' 일은 거의 없어. 나도 이번에 처음 알게 됐다네. 아마 자네도 그렇겠지. 이런 옷감에서 조각을 찢어 내려면 서로 다른 방향으로 작용하는 두 개의 힘이 필요하네. 이를테면 손수건처럼 양쪽에 가장자리가 있는 천에서 조각을 찢어 내려면 한쪽 방향으로 작용하는 힘만으로도 가능하네. 하지만 문제가 된 것은 가장자리가 한쪽에만 있는 옷이야. 가시에 걸렸다고 가장자리가 없는 옷 안쪽에서부터 조각이 찢겨 나갈 리도 없고, 가시 하나만으로 될 일도 아니지. 설령 가장자리가 있는 부분이었다 해도 서로 다른 방향으로 작용하는 가시 두 개가 필요하다네. 그런데 이것도 가장자리에 단을 대지 않았을 때 가능한 이야기지. 단을 댔다면 이런저런 고민을 할 필요도 없지. 단순히 '가시'에 걸려 조각이 '찢겨 나간다'는 건 이렇게 어려운 일이야. 그런데도 신문은 한 조각도 아니고 여러 조각이 찢겨 나갔다고 믿으라고 하는군. 게다가 '그중 하나는 꿰맨 자국이 있는 옷단 부분'이고 다른 한 조각은 '옷단이 아니라 치마의 일부분'이라는 말을 믿으라니! 그렇다면 가장자리도 아니고 옷 가운데 부분이 가시에 걸려 완전히 찢겨 나갔단 말인가? 누가 이런 말을 믿겠나. 하지만 잘 생각해 보면 시체를 치울 정도로 조심스러운 범인들이 왜 물건들은 덤불에 놔뒀을까 하는 점이 더 의심스럽네. 그렇다고 이 덤불이 범죄 현장이 아니라고 생각하는 것은 아니야. 현장은 이 덤불일 수도 있고 그보다는 데뤼크 부인의 집일 가능성도 크네. 하지만 사실 그건 중요하지 않아. 우리는 사건 현장이 아니라 범인을 찾아야 하니까. 너무 세세하게 이야기했나? 우선은 〈르 솔레이유〉의 성급한 주장에 오류가 있다는 점을 알리고 싶었고, 더 중요하게는 이번 범행이 정말 불량배들의 짓인지 자네 스스로 생각해 보도록 하려고 그랬다네.

이제 다시 사건으로 돌아가지. 검시를 맡았던 외과 의사의 허술하기 짝이 없는 보고서부터 간단히 살펴보세. 특히 범인이 몇 명인지 추정한 내용은 파리에서 이름난 해부학자들이 전혀 근거 없는 논리라고 비웃었다고만 해 두겠네. 추리 자체가 문제가 아니라 근거가 없다는 점이 문제였지. 다르게 생각해 볼 여지가 그렇게 없었을까? '몸싸움의 흔적'도 잘 생각해 보세. 그런 흔적은 무엇을 뜻할까? 불량배들이지. 하지만 오히려 불량배가 아니라는 뜻도 되지 않을까? 과연 불량배들이 연약한 아가씨와 여기저기 흔적이 남을 만큼 격렬한 몸싸움을 벌였을까? 우락부락한 팔로 말없이 붙잡기만 해도 끝이었을 텐데 말이야. 피해자는 아무 저항도 못하고 이끌려 다녔을 거야. 여기서 명심해야 할 점은 덤불이 범행 현장이 아니라는 주장은 범인이 두 명 이상이 아닌 경우에만 말이 된다는 걸세. 범인이 한 명이라고 가정해야 비로소 뚜렷한 '흔적'이 남을 만큼 격렬한 몸싸움이 벌어졌다고 납득할 수 있으니까.

또 한 번 강조하지만 문제의 물건들이 덤불 속에 그대로 있는 자체가 의심스럽네. 범죄의 증거물이 우연히 그곳에 남아 있을 리는 없지 않나? 물론 가정이긴 하지만 시체를 치울 만큼 조심성이 많은 자들이 금방 부패해서 누군지 알아볼 수 없을 시체만 옮기고 결정적인 증거는 뻔히 보이는 곳에 내버려 두었네. 특히 피해자의 이름을 수놓은 손수건을 말이야. 결국 이것이 우연이라면 불량배들이 아니라 한 사람이 저지른 우연이겠지.

자, 보자고. 한 남자가 사람을 죽였어. 범인 곁에 남은 건 피해자의 유령뿐이네. 범인은 꼼짝 않고 누워 있는 시체를 보고 등골이 오싹해지지. 치솟던 분노가 사그라지자 두려움이 몰려오네. 패거리와 있을 때 생기는 배짱 같은 건 전혀 없지. 시체와 단둘뿐이니까. 온몸이 떨리고 안절부절못할 걸세. 하지만 시체는 처리해야지. 시체는 강으로 옮기지만 다른 증거물들은 두고 가네. 모든 것을 한꺼번에 옮기기보다는 나중에 찾으러 가는 편이 쉬우니까. 하지만 끙끙거리며 강으로 가는 동안 두려움은 훨씬 커지네. 여기저기서 인기척이 들리고 누군가 지켜보는 사람이 다가오는 소리가 들리는 것만 같지. 도시의 불빛에도 깜짝깜짝 놀라게 되지. 그렇게 겁에 질려 중간 중간 걸음을 멈춰

가며 결국 물가에 이르렀고 섬뜩한 짐을 처리하네. 배를 이용했을 수도 있지. 하지만 홀로 남은 범인은 무슨 보물을 준다 해도 어떤 보복을 당한다 해도 그 힘든 길을 되짚어 오싹한 기억이 있는 덤불로 가고 싶지 않네. 결과야 어떻게 되든 그는 돌아가지 않겠지. 가려 해도 갈 수 없을 거야. 당장 도망갈 생각밖에 들지 않으니까. 결국 끔찍한 숲에서 영원히 등을 돌리고 천벌을 피하듯 달아나고 만다네.

하지만 패거리가 있었다면 어땠을까? 여럿이 있으면 배짱이 생기지. 물론 불량배들은 늘 배짱이 부족하지만, 여럿이라면 혼자일 때 느꼈을 알 수 없는 불안과 공포는 없었을 거야. 한두 사람 아니 세 사람쯤 실수를 해도 다른 사람이 바로잡았을 걸세. 사람이 많으니까 아무것도 남겨두지 않고 떠났을 거야. 돌아올 필요도 없었겠지.

이제 시체를 발견했을 당시 옷차림이 어땠는지 살펴보세. 겉옷을 '밑자락에서 허리 쪽으로 30센티미터 정도 찢고 허리를 세 번 감아 등 뒤로 매듭을 지은' 상태였네. 시체를 옮길 손잡이를 만들려고 한 짓이 분명해. 하지만 과연 남자들 여럿이 그런 방법을 생각할 수 있었을까? 남자 서너 명이라면 시체의 팔다리를 붙잡고 옮기는 편을 택했겠지. 그 손잡이는 혼자 있던 자의 생각이 틀림없네. '강과 덤불 사이에 있던 울타리가 망가져 있고 무언가 무거운 물체를 끌고 간 자국이 있었다'는 기사를 떠올려 보게. 여러 명이었다면 시체를 들어서 옮길 수 있는데 군이 울타리를 망가뜨리고 시체를 끌고 갈 필요가 없었겠지? 과연 여러 명이 흔적을 남기면서 시체를 끌고 갔을까? 여기서 〈르 코메르시엘〉의 기사를 다시 언급해야겠군. '피해자의 속치마를 폭 30센티미터 길이 60센티미터 크기로 뜯어내 머리 뒷부분을 둘러 턱 아래에 묶어둔 점은 아마도 비명을 지르지 못하게 하려는 조치인 것 같다. 이는 손수건을 갖고 다니지 않는 자들의 소행인 것이다'라고 했던 주장 말이네.

이미 말했듯이 진짜 건달은 손수건을 빼놓는 법이 없네. 하지만 지금 지적하려는 건 그 부분이 아닐세. 〈르 코메르시엘〉의 주장처럼 손수건이 없어서 속치마를 찢은 것은 아니라는 점을 지적하고 싶네. 현장에 손수건이 떨어져 있었으니까. '비명을 못 지르게 하려고' 속치마를 쓴 것도 아니라고 보네. 그게 목적이었다면 훨씬 나은 방법이 있었을 테니까. 하지만 증언에 따르면 '그 조각으로 목을 느슨하게 감고 단단한 매듭으로 고정해 두었다'고 했지. 이 또한 애매한 표현이지만 〈르 코메르시엘〉의 기사와는 전혀 다르네. 이 조각은 폭이 45센티미터였으니 모슬린 천이라고 해도 길게 접거나 구기면 튼튼한 끈이 되었을 거야. 실제로 그런 상태로 발견되었지.

내 추리는 이렇다네. 범인은 시체의 허리를 묶은 끈으로 시체를 짊어지고 한동안 걷다가 그 무게에 힘이 빠졌을 걸세. 그래서 시체를 끌고 가기로 결심했지. 이건 증거를 봐도 알 수 있어. 시체를 끌려면 어느 쪽이든 끈을 달아야 했지. 목 주위가 가장 좋아 보였을 거야. 머리가 있어 끈이 빠지지 않을 테니까. 두말할 것도 없이 허리를 묶은 끈이 떠올랐을 거야. 하지만 이 끈이 워낙 단단하게 묶여 있는 데다 옷에서 완전히 '찢겨 나오지' 않아서 결국 쓰지 못했지. 그래서 속치마에서 새로 조각을 찢어 냈을 것이네. 그 조각으로 피해자의 목을 감고 강가로 끌고 간 걸세. 애써 이 조각을 찢어서 사용했다는 것 자체가 손수건을 쓸 수 없는 상황이었다는 뜻 아닐까? 앞에서 얘기한 것처럼, 덤불이 범행 현장이라면 범인은 이미 덤불을 떠나 강으로 가던 도중이었다는 말일세. 하지만 자네는 이렇게 말하겠지. 데뤼크 부인이 범행이 일어난 무렵 덤불 근처에서 불량배들을 봤다고 증언하지 않았냐고 말이야. 그것은 나도 인정하네. 데뤼크 부인의 말처럼 그 비극이 일어난 무렵 룰르 관문 근처에 불량배들이 열 무리도 넘게 있었을 걸세. 다소 뒤늦고 못 미더운 구석이 많은 증언이기는 하지만 데뤼크 부인이 지목한 불량배 무리는 가게에서 빵과 브랜디를 마구 마시고 돈도 내지 않고 가 버린 자들이야. 그래서 부인은 화가 난 게 아닐까?

데뤼크 부인이 정확히 뭐라고 말했지? '불량배들이 들이닥쳐 돈도 내지 않고 먹고 마시며 야단법석을 떨더니 그 둘이 걸어간 방향으로 몰려 나갔다. 불량배들은 해질 무렵 다시 돌아와 서둘러 강을 건너갔다'고 했네. 데뤼크 부인의 눈에는 서두르는 정도가 아니라 훨씬 다급해 보였을 거야. 부인은 빵과 술을 빼앗긴 것이 분하면서도 혹시라도 값을 치르지 않을까 한 가닥 희망을 품고 있었을 테니까. 그게 아니라면 해질 무렵인데 왜 서둘렀다는 점을 강조했겠나? 작은 배로 강을 건너야 하고, 곧 큰 비가 내릴 듯하고, 밤도 가까워지면 불량배들도 집에 가려고 서두르는 건 당연한데 말이야. 밤이 가까워졌다는 말은 아직 밤이 아니라는 뜻이지. 데뤼크 부인이 다급하게 서두르는 불량배들을 본 것은 겨우 해가 질 무렵이었네. 그런데 데뤼크 부인과 큰아들이 '가게 근처에서 여자의 비명 소리를 들었다'고 한 것은 이날 저녁이었어. 데뤼크 부인이 어느 때쯤 비명 소리를 들었다고 했는지 기억하나? 바로 '어둑해진 직후'였어. '어둑해진 직후'는 밤이라는 뜻이고 '해질 무렵'은 해가 아직 있다는 뜻이지. 그러니까 비명 소리가 나기 전에 불량배들은 룰르 관문을 떠난 것이 분명하네. 사건 기사를 보면 지금 내가 말한 상대적인 표현들을 버젓이 쓰면서도 신문도 경찰도 이 엄청난 차이를 눈치채지 못하더군. 불량배 패거리가 범인이 아니라는 주장에 한 가지만 덧붙이겠네. 적어도 내 생각에 이 한 가지는 누구든 인정할 수밖에 없는 거라네. 거액의 현상금이 걸리고, 공범을 신고하면 아무런 죄도 묻지 않겠다는 약속까지 나온 상황에서 질 낮은 불량배든 다른 집단이든 아무도 공범을 배신하지 않는다는 건 도저히 상상할 수 없네. 이런 경우에는 보상금이나 면 책을 욕심내기보다 패거리에게 배신당하지 않을까 걱정하게 될 거야. 결국 배신을 당하기 전에 먼저 선수를 치겠지. 비밀이 아직 새어 나오지 않았다는 것이 바로 비밀이 있다는 것을 가 장 잘 보여 주네. 이 범행의 비밀은 오직 살아 있는 사람 한두 명과 신만이 알고 있다는 걸세.

자, 그럼 이 장황한 분석으로 얻은 미약하지만 확실한 성과를 정리해 보세. 우리는 범행 현장이 데뤼크 부인의 집이거나 룰르 관문 근처 덤불이며, 범인은 피해자의 애인이거나 적어도 남몰 래 가깝게 지내던 사람이라는 결론에 이르렀네. 그는 얼굴이 가 무잡잡하다고 했지. 검게 그을린 얼굴, 천을 묶는 방식, 모자 끈 을 묶은 선원 특유의 매듭은 모두 뱃사람의 특징이네. 바람기 가 있기는 하지만 비천하지 않은 아가씨와 사귀었다는 점으로 미루어 그가 평범한 뱃사람보다 신분이 높았다는 점을 알 수 있지. 신문사에 긴급 제보를 보낸 글솜씨도 이런 추측을 뒷받 침하네. 〈르 메르퀴르〉에 실린 첫 번째 사랑의 도피의 정황으로 보아 이 불행한 아가씨를 나쁜 길로 이끌었다는 '해군 장교'가 이 뱃사람이 아닐까 하는 생각이 드는군.

이쯤 되면 떠오르는 의문이 있지. 이 가무잡잡한 사내는 어 째서 나타나지 않는가 하는 것이네. 그의 피부색을 한 번 더 강 조하고 싶군. 발랑스도 데뤼크 부인도 이 사내에 관해 기억하는 특징이 가무잡잡하다는 점인 걸로 봐서는 유달리 검게 그을린 피부였나 봐. 그는 왜 나타나지 않는 걸까? 그도 불량배들에게 살해됐을까? 그렇다면 왜 여자가 살해된 증거만 있는 거지? 같은 장소에서 살해됐을 텐데 남자의 시체는 어디에 있지? 범인들은 틀림없이 두 시체를 같은 방식으로 처리했을 텐데 말이야. 어쩌면 사내는 살아 있지만, 살해 혐의를 받을까 두려워 모습을 드러내지 않는 것인지도 모르지. 마리와 함께 있는 모습을 봤다는 증언이 나왔으니 시간이 흐를수록 불안했을 거야.

하지만 범행이 일어난 당시에는 이런 두려움은 없었겠지. 결백한 사람이라면 범행을 알리고 범인을 찾도록 돕는 것이 당연하지 않은가. 그가 마리와 함께 있는 모습을 본 목격자가 있고 덮개가 없는 배를 타고 함께 강을 건넌 것도 사실이네. 그러니 아무리 멍청한 사람도 자신이 쓴 혐의를 벗는 가장 확실한 방법은 범인들을 고발하는 길뿐이라고 생각했을 거야. 사건이 일어난 일요일 밤 자신은 범행을 저지르지도 않았고 범행이 일어난 사실도 몰랐다고 할 수는 없으니까 말이야. 그런 경우가 아니라면 그가 살아 있으면서도 범인들을 고발하지 않을 리도 없겠지. 그럼 어떻게 해야 진상을 파악할 수 있을까? 조사를 하다 보면 다양한 방법이 떠오르겠지. 첫 번째 사랑의 도피부터 철저히 따져 보세. 이 '장교'의 자세한 경력과 현재 상황, 그리고 살인이 일어난 당시 행적을 샅샅이 살펴보기로 하지.

우선 석간신문이 받은, 불량배들을 지목한 제보들을 하나하나 비교해 보는 거야. 그런 뒤에 이보다 앞서 조간신문이 받은 제보, 즉 머네의 유죄를 강하게 주장하는 제보들과 문체와 글씨체를 비교해 보세. 그런 뒤에는 이 투서들을 장교의 글씨체와 비교해 보면 되겠지. 그리고 데뤼크 부인과 아이들, 승합 마차를 모는 발랑스에게 '얼굴이 가무잡잡한 사내'의 생김새나 행동에 대해 거듭 확인해 보세나. 요령껏 질문을 하면 그들도 미처 깨닫지 못한 정보를 여러 관점에서 말해줄 지도 몰라. 또 6월 23일 월요일 아침에 거룻배 사공이 사무실에 끌어다 놓은 배의 행방을 추적하세. 이 배는 시체가 발견되기 전에 직원들 몰래 키만 남겨둔 채 사라졌지. 끈기를 가지고 주의 깊게 살펴보면 반드시 찾을 수 있을 거야. 배를 발견했던 사공이 그 배를 알아볼 수 있고 키까지 가지고 있으니 말이야. 어딘가 불안한 구석이 없는 사람이 키마저 버리고 갈 리는 없을 걸세.

　여기서 의문이 하나 드네. 이 배를 발견했다고 공고를 한 적이 없지 않은가? 거룻배 사무실에 끌어다 놓은 배를 누군가 조용히 훔쳐 갔어. 그 배의 주인이나 사용자는 월요일에 끌어다 둔 배의 행방을 공고도 내지 않았는데 어떻게 화요일 아침 일찍 알 수 있었을까? 해군과 연결이 되어 지역 내 사소한 소식까지 알 수 있는 사람이 아니고서는 불가능한 일 아니겠나? 단독 범인이 시체를 강으로 끌고 갔을 때 보트를 이용했을 가능성이 있다는 이야기는 이미 했네. 이제 마리 로제가 배에서 내던져진 거라고 이해해도 되겠지. 그럴 수밖에 없었겠지. 시체를 얕은 물가에 버릴 수는 없었을 테니까. 피해자의 등과 어깨에 있던 특이한 상처는 배 바닥의 늑재에 긁힌 상처겠지. 시체에 무거운 물건을 매달지 않았다는 점도 이런 추측을 뒷받침해 주네. 강가에서 시체를 버렸다면 무거운 물건을 달았을 거야. 아무것도 달지 않았다는 건 범인이 미리 준비를 못한 탓이겠지. 시체를 물속에 버리려다가 자신의 실수를 깨달았겠지만 그때는 별 도리가 없었을 거야. 어떤 위험을 감수하더라도 그 저주받은 기슭으로 돌아가고 싶지 않았을 걸세. 그 섬뜩한 짐을 내던진 범인은 서둘러 시내로 이동했겠지. 어느 구석진 부두에 배를 대고 내렸을 거야 하지만 배를 부두에 잘 묶어 놓았을까? 그러기엔 마음이 너무 다급했을 걸세. 게다가 배를 묶어 두는 것은 불리한 증거를 묶어 두는 것처럼 느껴졌을 거야. 범행과 연결된 물건은 될수록 멀리하고 싶은 게 당연하지 않나. 자신도 부두에서 멀리 달아나고 배 또한 남겨 두고 싶지 않았을 거야. 그러니 배를 떠내려가게 두었을 게 틀림없어.

좀 더 상상을 해 볼까? 다음 날 아침 이 불쌍한 자는 일 때문에 으레 오가는 장소에 묶여 있는 배를 보고 소스라치게 놀랐을 걸세. 그날 밤 키를 찾아볼 여유도 없이 배를 다른 곳으로 옮겼을 거야. 그럼 키 없는 배는 지금 어디에 있을까? 그걸 찾아내는 것이 우리의 첫 번째 목표일세. 그 배만 찾으면 성공의 서광이 보이는 거지. 이 배가 실마리가 되어 운명의 일요일 밤에 배를 사용한 사람을 빠르게 찾게 될 거야. 확증에 확증이 쌓여 범인을 찾게 되는 거지."

구체적으로 밝히지는 않았지만 독자들도 잘 알 만한 이유로 우리가 받은 원고에서 뒤팽 씨가 사소해 보이는 단서를 따라 끝까지 추적하는 내용 일부를 임의로 생략한다. 짤막하게 한마디 덧붙이자면 소기의 목적이 달성되었고, 경찰 청장은 내키지 않아 하면서도 뒤팽 씨와 맺은 계약 조건을 분명히 지켰다. 포의 글은 다음과 같은 글로 끝을 맺는다.

_편집자주

나는 우연의 일치에 대해 말하려는 것일 뿐 그 이상이 아니라는 것을 알아주기 바란다. 그리고 이 주제는 지금까지 말한 것으로 충분하다고 본다. 나는 초자연을 믿지 않는다. 생각을 할 줄 아는 사람이라면 자연과 신이 별개라는 사실을 부인하지 않을 것이다. 자연을 창조한 신이 뜻대로 자연을 지배하고 바꾼다는 것도 의심의 여지가 없다. '뜻대로'라고 말한 이유는 의지의 문제이지 어리석은 인간이 생각하듯 능력의 문제는 아니기 때문이다. 신이 자신의 법칙을 바꾸지 못하는 것이 아니라, 우리

215

가 변화가 필요하다고 생각하는 자체가 신을 모독하는 것이다. 신의 법칙은 처음부터 미래에 일어날 온갖 우연들을 포함하도록 만들어졌다. 신에게는 모든 순간이 현재이다.

거듭 말하지만 내가 지금껏 한 이야기는 단지 우연의 일치일 뿐이다. 그리고 독자들은 이 글에서 지금까지 알려진 불행한 메리 세실리아 로저스의 운명과 마리 로제의 운명이 놀랄 만큼 비슷하게 평행선을 그리고 있다는 사실은 깨닫게 될 것이다. 다만 내가 여기서 마리의 슬픈 사연을 더 들추고 그녀를 둘러싼 수수께끼를 끝까지 파헤쳐서 두 운명이 계속 평행선을 이어갈 거라고 암시한다거나, 이 여자 점원의 살인범을 찾기 위해 파리에서 쓴 수사법이나 비슷한 추리가 비슷한 결과를 낳을 거라고 암시하려고 글을 썼으리라는 추측은 하지 않았으면 한다.

두 번째 추측의 경우, 아주 사소한 차이로도 두 사건의 방향을 완전히 바꿀 만큼 중대한 착오를 일으킬 수 있기 때문이다. 수학에서 아주 미미한 실수 하나가 계산 과정에서 곱절로 커져서 결국 정답과는 전혀 다른 결과를 내는 일처럼 말이다. 그리고 첫 번째 추측의 경우, 앞서 말했던 확률론이 평행선이 이어지도록 내버려 두지 않는다는 사실을 잊어서는 안 된다. 이 평행선이 이미 오랫동안 이어졌던 만큼 연장되는 일은 없을 것이다. 이것은 겉보기에는 수학적 사고와 전혀 동떨어져 보이지만 오직 수학자만이 제대로 이해할 수 있는 변칙적 명제 중 하나다.

이를테면 한 사람이 주사위를 던져 두 번 연속으로 6이 나왔다면 그 사실만으로도 세 번째에는 6이 나오지 않는다고 장담해도 거의 틀림없겠지만, 이것을 일반 독자에게 이해시키기는 무척 어렵다. 처음에 던진 두 번은 이제 끝난 일이고 과거의 일이므로 앞으로 던질 주사위의 결과에 영향을 줄 수 없다고 생각하는 것이다. 6이 나올 확률은 다른 어느 때와 똑같아 보인다. 다시 말해서 6이 나올 확률은 주사위를 던져서 나올 다른 다섯 숫자에만 영향을 받는 것으로 보인다. 이런 생각은 너무나 명백해 보여서 이를 반박하려고 들면 진지하게 받아들이기는커녕 비웃음만 사게 될 것이다. 바로 여기에 포함된 치명적이고 커다란 오류를 지금 나에게 주어진 지면으로는 다 밝힐 수 없으며 현명한 사람들에게는 밝힐 필요도 없을 것이다. 여기서는 이성이 사소한 것에서 진실을 찾으려는 경향이 있기 때문에 이 오류 또한 그렇게 일어나는 무수한 오류 중 하나라고 말해 두는 것으로 충분하리라.

천재적인 상상력의 소유자
에드거 앨런 포가 창조한 환상의 세계

에드거 앨런 포가 세상을 떠난 지 이백 년이 되어 간다. 이렇게 오랜 시간이 흐른 지금까지도 그의 작품이 여전히 사랑받는 이유는 무엇일까?

19세기 초 미국 문학은 영국의 영향에서 벗어나 미국만의 정체성과 의식을 고취하는 것을 과제로 삼고 있었다. 하지만 포는 이 흐름에서 완전히 벗어나 오로지 문학을 위한 문학, 아름다움을 위한 아름다움을 추구했던 것으로 잘 알려져 있다. 포의 이런 성향 때문에 그의 작품은 당대 비평가들에게 배척을 받기도 했지만 미국 낭만주의의 한 축을 이끌었다는 평가를 받는다. 그의 작품이 동서고금을 막론하고 늘 새롭게 해석되고 사랑받는 이유는 작가로서의 그의 천재성뿐만 아니라 그가 천착했던 인간의 심리와 아름다움이라는 주제가 누구나 공감할 만한 보편성을 지니고 있기 때문일 것이다.

인간의 광기와 공포를 생생하게 묘사한 〈검은 고양이〉

〈검은 고양이〉는 포의 단편 중 우리에게 가장 친숙한 대표작이라 할 수 있다. 이 작품은 내일 교수형에 처해질 범죄자가 화자로 등장해 자신의 범행을 기록하는 형식이다.

어렸을 때부터 유난히 마음이 여리고 동물을 사랑하던 화자가 성인이 된 후에 폭음을 일삼다가 성격이 변하고, 동물을 학대하고, 마침내 사랑하는 아내와 고양이를 죽이기에 이른다. 화자는 있는 그대로 범행 사실을 전한다고 하지만, 바로 그 덤덤한 태도 때문에 독자는 쉽게 볼 수 없는 살인자의 내면을 들여다보는 으스스한 느낌을 받게 된다.

포는 표면적인 공포심만 자극하는 것이 아니라 인간 내면의 원초적인 두려움을 밖으로 드러내고, 그것을 문학으로 승화시키는 탁월한 재주가 있다.

잃어버린 연인에 대한 사랑과 추억을 노래한 〈더 레이븐〉

포는 아름다움이야말로 시가 마땅히 추구해야 할 영역이며, 슬픔은 아름다움을 가장 잘 표현할 수 있는 방법이라고 보았다. 그런 면에서 사랑하는 여인을 잃은 화자의 외로움과 비애를 상징적으로 표현한 〈더 레이븐〉은 포 문학의 묘미라고 할 수 있다. 이 시는 단테 가브리엘 로제티 같은 동료 시인이나 폴 고갱 같은 화가들에게 강렬한 인상을 남겨 여러 작품에 모티프로 등장하기도 했다.

어느 깊은 밤, 죽은 연인을 떠올리며 상념에 잠겨 있는 화자에게 느닷없이 까마귀 한 마리가 찾아온다. 화자는 처음에는 까마귀에게 호기심을 보이다가, 점차 까마귀의 위엄 있는 모습에 이끌려 연인에 대한 그리움을 털어놓는다.

포는 이 시를 분석한 짧은 에세이 〈시작의 철학(The Philosophy of Composition)〉에서 까마귀를 등장시킨 의도를 아무런 생각 없이 같은 말을 반복하면서도 으스스한 분위기를 낼 수 있는 존재이기 때문이라고 밝혔다. 실제로 화자는 까마귀가 "다시는 아니야"라는 한 마디밖에 모른다고 생각하면서도 각 연마다 다른 질문을 던지고 있다. 같은 대답을 들을 것이 분명한 데도 계속 질문을 하고 자의적으로 대답을 해석하는 것이다. 이는 슬픔에 빠진 화자의 공허함과 괴로움을 잘 표현해 주는 장치라 할 수 있다.

사랑하는 사람을 잃는 상황은 문학에서 자주 접할 수 있지만, 포는 독특한 상상력을 발휘해 스산하고 환상적인 분위기와 상징을 만들어 냈다. 문을 두드리는 소리를 듣고 나갔던 화자가 혹시나 하는 마음에 텅 빈 어둠을 향해 죽은 연인의 이름을 불러 보는 장면이나, 까마귀와 대화 끝에 결국 자신은 이 슬픈 망령에서 벗어나지 못하리라고 말하는 장면이 특히 독자들의 마음을 잡아끈다.

치밀한 구성이 돋보이는 추리 소설의 원형 〈모르그 거리의 살인 사건〉

〈모르그 거리의 살인 사건〉은 오늘날 존재하는 수많은 추리 소설의 출발점이라 할 수 있다.

이 작품에는 문학 사상 최초의 탐정인 C. 오귀스트 뒤팽이 처음으로 등장한다. 그는 뛰어난 분석력과 상상력을 겸비한 명문가 출신의 신사이나 여러 가지 어려움을 겪은 후 은둔하며 살고 있다. 뒤팽의 곁에 머무는 유일한 존재는 이 작품의 화자이다. 우연히 친구가 된 이들은 파리 교외의 낡은 집에 함께 자리를 잡고 어둠 속에서 사색과 토론을 즐기며 살아간다. 뛰어난 탐정과 그의 지적 능력을 더욱 돋보이게 하는 조력자라는 이 구도는 훗날 홈즈와 왓슨, 포와로와 헤이스팅스처럼 유명한 콤비로 이어진다.

조용한 은둔 생활을 즐기던 뒤팽과 화자는 느닷없이 벌어진 기괴한 살인 사건에 흥미를 느끼게 된다. 밀폐된 방 안에서 모녀가 잔혹하게 살해된 것이다. 경찰은 여러 명의 증인을 확보하고 집을 철저히 수색하지만 아무런 성과도 올리지 못하고 급기야 죄 없는 사람을 잡아 가두기에 이른다. 이를 알게 된 뒤팽은 직접 사건 현장을 조사하고 증언을 분석하여 경찰이 간과한 요소들을 모두 찾아낸다. 그러나 뒤팽은 현장에서 극적으로 자신의 추리를 밝히는 것이 아니라, 집에 돌아와 화자와 단둘이 문답을 주고받으며 그를 깨우쳐 주는 방식을 사용한다. 따라서 독자는 화자의 눈과 귀와 입을 빌려 뒤팽과 대화할 수 있으며 그의 추리 과정을 따라갈 수 있다. 이 작품의 매력이라면 밀실 살인을 다뤄서 긴장감을 높였다는 점이나 범인이 사람이 아니었다는 반전을 꼽을 수 있을 것이다. 하지만 빼어난 분석력과 상상력을 지닌 한 인간의 정신 활동을 체계적으로 세밀하게 그려 냈다는 점이 다른 무엇보다 큰 매력이라 할 수 있다.

작품의 재미는 물론 숨겨진 메시지까지 전하는 〈도둑맞은 편지〉

경찰을 쩔쩔매게 한 〈모르그 거리의 살인 사건〉과 〈마리 로제의 수수께끼〉를 해결하며 탁월한 분석력을 과시했던 뒤팽 앞에 경찰 청장 G가 나타나 도움을 요청한다. 매우 지체 높은 부인이 받은 비밀 편지를 되찾는 것이 이번 수사의 목표이다. G는 편지를 훔쳐간 범인과 그가 사용한 절도 방식을 알고 있으며 그에게 여전히 편지가 있다는 사실 또한 알고 있다. 그는 이 사건이 명확하고 단순하다고 말하면서도 정작 수사는 복잡한 방식으로 진행하는 모순에 빠진 상태이다.

뒤팽은 G가 범인인 D 장관에 대해 제대로 파악하지 못했을 뿐만 아니라, 범인의 관점이 아니라 자신의 관점으로만 사건을 바라보기 때문에 실패하게 된 것이라고 지적한다. 수사 원칙을 범인의 특성에 맞게 변경하지 않으면 그 원칙에서 벗어나 있는 범인은 결코 잡을 수 없다는 것이다. 편지를 훔쳐간 D 장관은 수학자이자 시인으로서 뒤팽 못지않은 분석력과 상상력을 지닌 인물이다. 그는 경찰이 판에 박힌 수사를 벌일 것이라 예측하여 편지를 복잡한 곳에 공들여 숨기는 대신 공개적이고 단순한 장소에 아무렇게나 놓아두는 방법을 택한다. 뒤팽은 이러한 D 장관의 생각을 꿰뚫어 보고 그의 집을 찾아가 문제의 편지를 되찾은 다음 가짜 편지를 남기고 돌아온다.

작품 첫 머리에 나와 있는 세네카의 말처럼 G는 머리를 지나치게 굴린 나머지 단순하고 명백한 현상을 제대로 파악하는 데 실패한다. 진실은 복잡한 곳에 숨겨져 있는 것이 아니라 커다란 간판처럼 명백하게 드러나 있다. 진실의 특성에 따라 원칙과 방법을 수정하지 않고 자신의 관점만 고집하는 사람은 결코 진실에 다가갈 수 없다는 사실을 뒤팽은 탁월한 추리를 통해 명확하게 보여 준다.

인간 심리의 강렬한 탐구가 엿보이는 〈어셔가의 몰락〉

포의 대표작이라 할 만큼 〈어셔가의 몰락〉은 죽음, 공포, 불안, 우울 등 괴기 미학이 총망라되어 있다. 우울증을 앓는 주인

공 어셔가 자신의 쌍둥이 여동생을 살아 있는 채 매장해야 했던 이유는 무엇일까? 그것은 아마도 자신과 똑같은 인격체에 관한 공포와 적개심으로 인해 '또 하나의 나'를 없애기 위함이었을 것이다. 그렇게 어셔는 어셔가의 마지막 상속자가 되었다. 그러나 자신이 예견한 대로 죽음을 맞이하게 되고, 어셔가의 가족과 동일하게 여겨지던 어셔가의 저택 역시 그 모습이 비치는 늪에 빠져 파멸하게 된다.

이 글을 읽고 있으면 흑백 영화가 연상된다. 위풍당당 견고하게 서 있지만 자세히 관찰하면 금방이라도 무너질 듯 허름하기 짝이 없는 저택, 심한 우울증을 앓고 있는 주인공 어셔, 으스스한 지하 납골당 등 컬러로 영화를 만들어도 흑백만 난무할 것 같은 분위기이다. 이처럼 〈어셔가의 몰락〉은 내용보다는 분위기로 독자를 압도한다. 기괴함과 우울함으로 글을 읽는 내내 주인공의 심리 상태에 동화되고 마는 것이다. 또한 포가 가공으로 만든 시와 소설은 복선과 상징의 역할을 하며 이야기의 긴장감을 한층 고조시키고 있다. 이처럼 간결하면서도 상징적인 작품 속 문장은 글 전체의 공포와 음울함이라는 분위기와 함께 독자의 흥미를 사로잡기에 충분한 매력을 지니고 있다.

논리적인 분석으로 뛰어난 추리력을 보인 〈마리 로제의 수수께끼〉

〈마리 로제의 수수께끼〉는 〈모르그 거리의 살인 사건〉〈도둑맞은 편지〉와 함께 C. 오귀스트 뒤팽이라는 탐정 캐릭터가 등장하는 추리 소설이다. 특히 이 소설은 실제 미국에서 벌어졌던 사건을 파리로 무대를 옮겨 다시 쓴 작품이라 독자들은 한층 실감나게 작품을 읽을 수 있다.

이 글에서 작가는 젊고 예쁜 향수 가게 아가씨가 어느 날 자취를 감췄다가 나타나고, 다시 한번 자취를 감춘 뒤 결국 사체로 발견되는 사건을 수사하는 과정을 보여 준다. 정확한 단서가 나타나지 않는 가운데 수사는 진척이 없고 언론들은 각종 추측 기사를 쏟아 낸다. 포는 오귀스트 뒤팽의 입을 통해 한 가지 현상을 두고 사람들이 얼마나 다양한 반응을 보이는지, 각자의 입장에서 어떤 추리를 하는지, 또 그 안에 얼마나 많은 실수와 오류가 있을 수 있는지 낱낱이 밝힌다. 뒤팽은 논리적인 분석과 상상력으로 언론과 경찰이 놓쳐 버린 작은 단서 하나하나를 철저히 찾아낸다. 그리고 진실은 겉으로 드러난 사건 자체보다 별 상관없어 보이는 주변에서 밝혀지는 일이 많다고 말한다.

포가 있었기에 코난 도일과 애거서 크리스티를 거쳐 추리 소설의 형식이 완성되었다고 본다면, 그 원형을 찾아본다는 점에 큰 의의를 둘 수 있는 작품이다. 또한 냉철하고 논리적인 상상력이 사건 해결에 큰 도움이 된다는 설정은 충분히 납득할 만하다. 또한 뒤팽의 추리를 통해 한 사건을 바라보는 포의 시선이 얼마나 치밀한지도 간접적으로 경험할 수 있다.

1809년　1월 19일, 매사추세츠 주 보스턴에서 태어났다. 아버지 데
　　　이비드는 법률을 공부하다가 19세 때 유랑 극단의 배우가
　　　되었다. 어머니 엘리자베스 아널드 포 또한 유랑 극단의
　　　여배우였다.

1811년　어머니가 리치먼드에서 병에 걸려 죽었다. 아버지의 행방
　　　이 묘연해져 형 윌리엄 헨리는 조부의 손에 맡겨지고, 누
　　　이동생 로잘리는 리치먼드의 한 부인에게 보내졌다. 포 역
　　　시 리치먼드의 담배 수출상 존 앨런 집안에 양자로 들어
　　　가나 정식으로 입적되지 않았다.

1815년   양부모와 함께 영국으로 건너가 생활했다.

1817년   런던 근교 스토크 뉴잉턴의 사립학교 매너하우스 스쿨에
         다녔다.

1826년   버지니아 대학에 입학했다. 고대어, 근대어를 연구하는 한
         편 독서에 열중했다. 양부가 송금을 잘 해 주지 않아 학자
         금을 마련하기 위해 도박을 하게 되고 빚을 지게 된다. 결
         국 양부는 포를 퇴학시키게 된다.

1827년   양부와 불화로 리치먼드를 떠난다. 처녀 시집《티무르
         (Tamerlane and Other Poems)》를 출판했다. '에드거 A.
         페리'라는 이름으로 합중국 육군에 입대했다.

1829년   2월 양모 프란시스 앨런이 죽었다. 이를 계기로 양부와의
         일시적인 화해가 성립되었다. 5월 초 웨스트포인트 육군
         사관학교에 입학하기 위해 워싱턴으로 갔다.

1830년   웨스트포인트 육군사관학교에 입학했다.

1831년 육군사관하교를 자퇴하고 《포 시집(Poems by Edgar Allan Poe)》을 뉴욕에서 출판했다.

1832년 〈필라델피아 새터데이 클레어〉에 투고했던 단편 소설 5편이 1월부터 12월에 걸쳐 발표되었다.

1833년 〈볼티모어 새터데이 비지터〉에서 포의 〈병 속의 수기(Found in a Bottle)〉가 당선되었다.

1834년 양부 존 앨런이 리치먼드에서 죽었다.

1835년 〈서던 리터러리 메신저〉에 케네디의 추천으로 〈베레니스(Berenice)〉, 〈모렐라(Morella)〉 등 4편의 소설을 투고했다. 여름에는 볼티모어를 떠나 리치먼드에 가서 문예 잡지의 편집자가 되었다.

1836년 14세인 사촌 누이동생 버지니아와 결혼했다.

1838년 장편 《아서 고든 핌의 이야기(The Narrative of Ar-thur

Gordon Pym)》를 뉴욕에서 출판했다.

1839년 9월 〈어셔가의 몰락(The Fall of the House of Usher)〉, 10월 〈윌리엄 윌슨(Willam Wilson)〉이 잡지에 실렸다. 11월 단편집 《그로테스크한 이야기와 아라베스크한 이야기》를 필라델피아에서 간행했다.

1841년 추리 소설 〈모르그 거리의 살인 사건(The Murders in the Rue Morgue)〉, 〈큰 소용돌이에 휘말리다(A Descent into a Maelstrom)〉, 다음 해 5월에는 〈적사병의 가면(The Masque of the Red Death)〉 등의 걸작을 기고했다.

1842년 아내 버지니아가 피를 토하고 쓰러졌다. 포의 음주벽은 더 심해졌다. 그해 가을 〈함정과 추(The Pit and the Pendulum)〉를 발표한다. 11월부터 〈마리 로제의 수수께끼(The Mystery of Marie Roget)〉를 연재했다.

1843년 필라델피아의 신문인 〈달러 뉴스페이퍼〉의 현상 모집에 〈황금 벌레(The Gold Bug)〉가 당선된다. 8월 〈유나이티

드 스테이츠 새터디 포스트〉에 〈검은 고양이(The Black Cat)〉를 발표한다.

1845년   〈갈가마귀(The Raven)〉를 〈이브닝 미러〉에 발표하여 일약 문명을 얻어 그 이름이 유럽에까지 알려졌다. 〈도둑맞은 편지(The Purloined Letter)〉를 출판했다.

1847년   아내 버지니아가 사망했다.

1849년   리치먼드에 가서 소년 시절의 연인이었던 로이스터와 결혼을 한다. 리치먼드에서 '시의 원리'를 강연했다. 술에 취해 길거리에 쓰러져 의식 불명 상태로 발견되어 병원으로 옮겨졌으나 숨을 거둔다.

옮긴이 **김희정**

서강대학교 영문학과를 졸업하고 서울대학교 대학원에서 영어 교육 석사 학위를 받았다.
어린 시절 막연히 영어가 좋았다. '영어 공부만 하고 사는 사람'이 되고 싶었고, 번역에서 그
길을 찾았다. 현재 바른번역에서 전문 번역가로 활동하고 있다.

큰글씨 검은 고양이

초판 1쇄 펴낸 날 2018년 10월 20일

지 은 이   에드거 앨런 포
옮 긴 이   김희정
펴 낸 이   장영재
펴 낸 곳   (주)미르북컴퍼니
자 회 사   더클래식
전   화   02)3141-4421
팩   스   02)3141-4428
등   록   2012년 3월 16일(제313-2012-81호)
주   소   서울시 마포구 성미산로32길 12, 2층 (우 03983)
E-mail   sanhonjinju@naver.com
카   페   cafe.naver.com/mirbookcompany

(주)미르북컴퍼니는 독자 여러분의 의견에
항상 귀 기울이고 있습니다.